Ilustracje
Katarzyna Nowak

Projekt okładki
Maria Gromek na podstawie projektu serii Pawła Panczakiewicza

Opieka redakcyjna
Anna Brauer

Adiustacja
Katarzyna Mach

Korekta
Katarzyna Onderka

Opracowanie typograficzne
Daniel Malak

Łamanie
Agnieszka Szatkowska

ISBN: 978-83-240-1969-4

Książki z dobrej strony: www.znak.com.pl
Społeczny Instytut Wydawniczy Znak, 30-105 Kraków, ul. Kościuszki 37
Dział sprzedaży: tel. (12) 61-99-569, e-mail: czytelnicy@znak.com.pl
Wydanie I, Kraków 2012
Druk: Colonel, Kraków

Nowe przygody

Bolka i Lolka

Łowcy tajemnic

Grzegorz Gortat

Maciej Wojtyszko

Rafał Kosik

Wojciech Bonowicz

Ewa Karwan-Jastrzębska

Anna Onichimowska

Jerzy Illg

Nowe przygody
Bolka i Lolka
Łowcy tajemnic

Ilustracje
Katarzyna Nowak

znak emotikon Kraków 2012

Grzegorz Gortat

Bolek i Lolek jadą do Hollywood

– Szybko! – przynaglił Lolek, ukryty za żywopłotem okalającym trawnik przed blokiem. – Bo nam Biały Bawół ucieknie!

– Biały Łysy Bawół – poprawił go Bolek. – Wódz Pewna Ręka nie da mu uciec! – Wyskoczył zza drzewa, furkocząc pióropuszem ze sztucznych piór, w biegu naciągnął cięciwę łuku. Pierwsza strzała chybiła celu. Spadła na trawę i natychmiast ściągnęła do niej chmara ciekawskich wróbli.

Wódz Pewna Ręka tym razem starannie wymierzył – ale druga strzała tylko przeleciała nad uciekinierem.

Biały Łysy Bawół schylił się, podniósł strzałę i chichocząc, pognał do drzwi klatki schodowej.

– Nie trafiłeś! – Lolek się skrzywił. – Też mi Wódz Pewna Ręka!

– Czarny Ślamazarny Kruku, przetnij mu drogę, żeby się nie schował w Wielkim Kamiennym Wigwamie!

– Dlaczego „ślamazarny"? – Lolek się nasrożył.

– Bo ruszasz się jak mucha w smole! Strzelaj!

Czarny Kruk wypadł zza żywopłotu, nie zwalniając, zamachnął się i na Białego Łysego Bawoła spadł grad kulek z plasteliny.

– Ucz się ode mnie! – Lolek poprawił czarne pióro za opaską na czole i uderzył się w pierś. – Czarny Kruk nigdy nie chybia.

– Ucieka! – przerwał mu Bolek. – Za nim!

– Przecież już go pokonaliśmy.

– Ale pokonanemu wojownikowi trzeba jeszcze zdjąć skarb.

– Co to znaczy „zdjąć skarb"? – dopytywał się Czarny Kruk, sięgając do kieszonki T-shirta po kolejną porcję plastelinowych pocisków.

– No, to jest to, co robią Indianie prawie w każdej książce.

– Czyli co?

– Ojej, nie zawracaj mi głowy. Jak go złapiemy, to będziemy się zastanawiać.

– Chyba już za późno.

Biały Łysy Bawół był już przy klatce schodowej. Wpadł do środka i zatrzasnął za sobą drzwi. Chcieli za nim pobiec, ale w jednym z otwartych okien ich mieszkania ukazała się Mama.

– Chłopcy, biegiem na górę! – zawołała. – Zaraz obiad.

Mama odeszła od okna, żeby dokończyć nakrywanie do stołu w pokoju jadalnym.

– Słyszysz te ich wrzaski? – zawołała w stronę kuchni.

– Pewnie są głodni – odkrzyknął Tata, wyprostowany na baczność przed podskakującą na garnku pokrywką. – W każdym razie ziemniaki zaraz będą gotowe.

Schody rozbrzmiały stukotem ciężkich kroków, które ucichły pod drzwiami. Potem trzy razy zaterkotał dzwonek i niemal jednocześnie rozległo się alarmujące stukanie do drzwi.

Mama otworzyła i do przedpokoju wsunęła się męska głowa. W prawej skroni przybysza tkwiła pojedyncza strzała.

– Umieram – wystękał.

Trzymając się framugi drzwi, Dziadek na chwiejnych nogach przekroczył próg.

– Szybko zamykaj! – przynaglił słabnącym głosem. Oparł się bokiem o ścianę w przedpokoju, tarasując przejście. – Zaraz tu będą…

– Może mnie jednak łaskawie wpuścisz, co? – zażądała Babcia, szturchając męża złożoną parasolką.
Udawała zagniewaną, ale kąciki jej ust drgały od wstrzymywanego śmiechu.
– Co się stało? – spytała Mama.
Dziadek poluzował węzeł krawata.

– Horror w samym środku cywilizowanego miasta! – wysapał. – W życiu bym się czegoś podobnego nie spodziewał!

– Akurat w twoim towarzystwie wszystkiego się można spodziewać – skomentowała Babcia żartobliwie, poprawiając fryzurę przed wysokim lustrem.

– Co tym razem? – spytała Mama.

– Indianie. – Babcia wzruszyła ramionami i się zaśmiała.

– My zdążyliśmy przywyknąć. – Mama lekceważąco machnęła ręką. – Od trzech dni przeżywamy istną inwazję czerwonoskórych.
– Od trzech dni? – zainteresowała się Babcia.
– Czyli od telefonu asystenta reżysera w sprawie tego filmu dla dzieci.

Dziadek nadal się silił na marsową minę, ale teraz i on z trudem hamował śmiech.

– Człowiek idzie sobie najspokojniej w świecie na proszony obiad – mówił głośno, jakby myślał, że za drzwiami ktoś stoi i nasłuchuje – a tu nagle ze wszystkich stron sypią się kule i strzały! Jakbym był na Dzikim Zachodzie i trafił do Kanionu Śmierci!

– Chyba raczej do Kanionu Śmieci. – Babcia czyściła mu wyjściową marynarkę z okruchów plasteliny.

– Trafili mnie strzałą – poskarżył się.

– Plastikową. Ma gumową ssawkę zamiast grotu. Zresztą widziałam, że sam ją sobie przykleiłeś.

– A może była zatruta?

– Że też ci Indianie akurat ciebie zaatakowali! Mnie nawet nie drasnęli.

Dziadek odpiął guziki marynarki. – Bo walka, moja droga – wypiął pierś i uwolniony od marynarki brzuch – to zajęcie dla mężczyzn.

Od strony kuchni rozległ się rumor.

Wszyscy troje zamarli.

– Coś się stało? – zaniepokoiła się Mama.

– Nie, nic! – odkrzyknął Tata.

Zrobił to zbyt szybko i tonem zbyt niefrasobliwym, by Mama dała się nabrać.

– Lepiej sama zobaczę – postanowiła.

– No i po proszonym obiedzie – powiedziała już z kuchni, przeciągając słowa. – Chyba że goście mają ochotę na pieczeń rzymską z ziemniakami podlanymi rozmoczonym ketchupem i resztkami jajecznicy. Bo Tata, odcedzając ziemniaki, wylał je z wodą do zlewu, gdzie stały brudne talerze po śniadaniu.

– A gdzie podziewają się chłopcy? – odezwał się Dziadek przytomnie, próbując ratować sytuację.
Przeciągły dzwonek postawił wszystkich na baczność. Mama uchyliła drzwi i przez szparę wyjrzała na korytarz.
– O wilku mowa. – Odwróciła się do gości. – Idźcie, proszę, do jadalni i poczekajcie. Chłopcy muszą się

umyć i przebrać, w takim stanie lepiej niech się ludziom nie pokazują na oczy.
Z pokoju jadalnego widzieli dwa szybko przemykające cienie, które zaraz zniknęły w łazience.

Po jakimś czasie do jadalni wsunęły się dwie rozczochrane głowy.

– No, chodźcie się przywitać. – Dziadek klasnął w ręce. – Dawno was nie widziałem.

– Nie dalej jak dziesięć minut temu. – Babcia mrugnęła do chłopców.

– Czekaliśmy na was przed domem – zapewnił Bolek z niewinną miną.

Lolek przytaknął:

– Musieliśmy się rozminąć.

– Oj, zarumieniłeś się – zauważyła Babcia. – Nie umiesz kłamać.

– A właśnie – Dziadek nachylił się nad Lolkiem – czy to na policzkach to rumieńce, czy resztki czerwonej farby?

– Farba na twarzy? Niby skąd?

– Indianie lubią się malować.

– A, tak! – Bolek pacnął się dłonią w czoło. – Faktycznie widzieliśmy w okolicy Indian.

– Wyobraźcie sobie, że waszego Dziadka zaatakowali – oznajmiła Babcia. – Całe plemię czerwonoskórych.

– Nie, było tylko dwóch – poprawił ją Dziadek. – I wiecie co? To chyba nie byli prawdziwi Indianie.

– A dlaczego? – obruszył się Bolek.

– Krzyczeli, że chcą zdjąć mi skarb. A Indianie – prawdziwi Indianie – pokonanemu wojownikowi zdejmowali skalp. Skalp, nie skarb.

– A co to takiego ten... skalp? – zainteresował się Lolek.

Babcia uprzedziła Dziadka z odpowiedzią:

– Coś, co waszemu Dziadkowi rosło na głowie, zanim wyłysiał.

Dziadek przeciągnął dłonią po gładkiej czaszce:

– Przynajmniej jestem teraz podobny do tego przystojnego aktora, który grał Kojaka. A właśnie, porozmawiajmy o waszej karierze filmowej.

– A, nic wielkiego! – Bolek wspiął się na palce, żeby wydać się sobie jeszcze wyższym. – Po prostu będę grał główną rolę.

– Jedną z dwóch głównych ról! – poprawił brata Lolek. – Jak dobrze wypadniemy, to pojedziemy do Hollywood.

– Tak mówił reżyser?

– Nie, Tata.

– Naprawdę tak mówiłeś? – zdziwił się Dziadek.

– Jasne! – Tata zapewnił energicznie. – W dzisiejszym świecie wszystko jest możliwe.

– O prawdziwego aktora Hollywood zawsze się upomni – wyrecytował Bolek. – Słowa Taty.

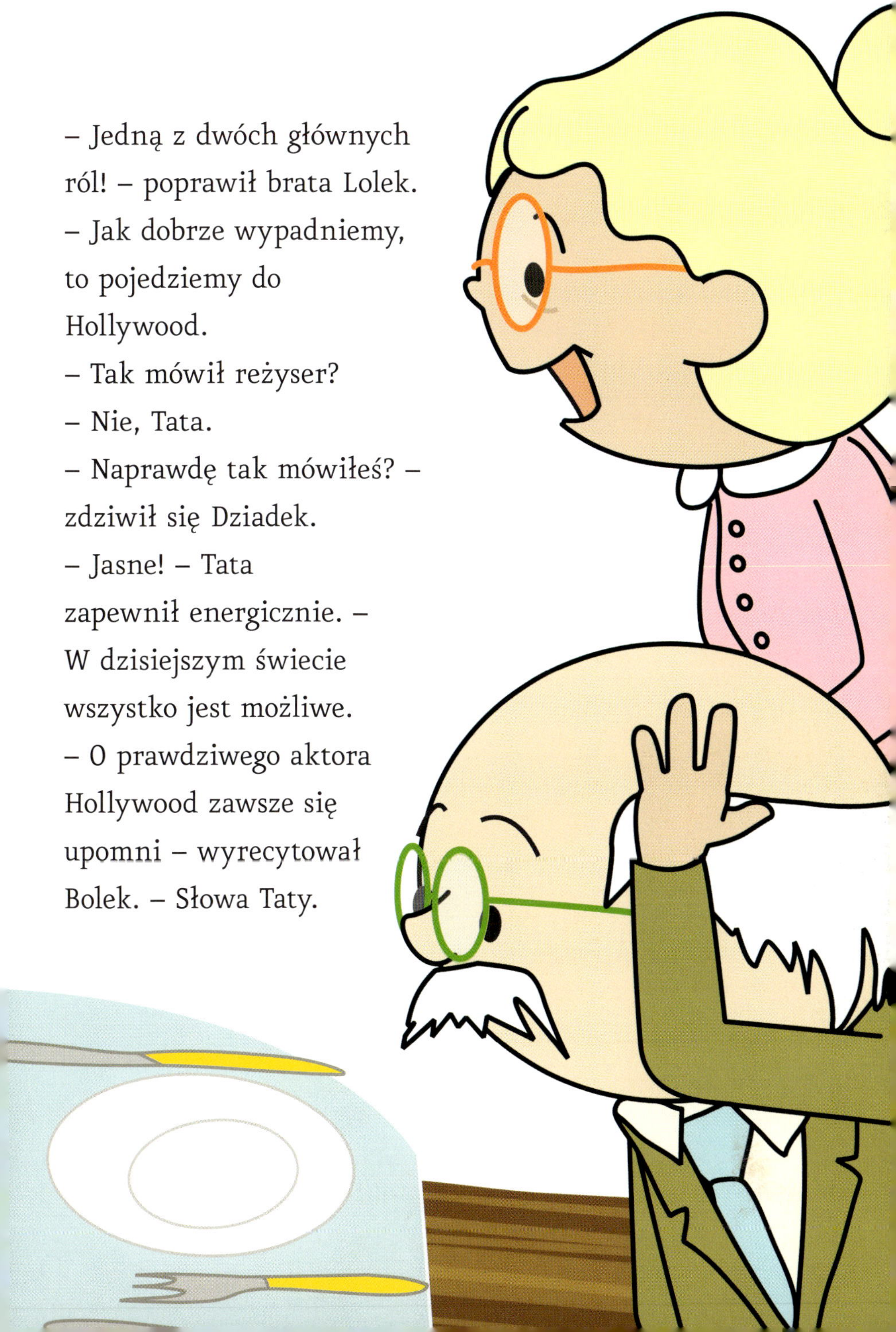

– Ale skąd wpadliście na pomysł, żeby bawić się akurat w Indian? – nalegał Dziadek.

– W starych książkach Taty wyczytaliśmy – podjął Bolek – że w Ameryce na Dzikim Zachodzie żyją Indianie.

– To musiały być bardzo stare książki – zauważyła Babcia.

– Takie tam powieścidła... – Tata wzruszył ramionami. – W ich wieku zaczytywałem się książkami o Indianach i kowbojach.

– Nie ty jeden. – Dziadek wydmuchał nos w wielką kraciastą chusteczkę, znak, że się wzruszył i zebrało mu się na wspomnienia. – I chodziłem do kina na każdy nowy western.

– No dobrze, starczy tych wspominków! – Dziadek energicznie złożył chusteczkę i schował do kieszeni. – Dzisiaj westerny nie są w modzie. Chłopcy nawet nie wiedzą, o czym rozmawiamy. – A właśnie, że wiem! – zaprotestował Lolek. – Western to jak film o Batmanie.

– Albo o Supermanie – włączył się Bolek. – Dobro walczy ze złem i w końcu zwycięża. W Supermana lubię się bawić tak samo jak w Indian.

– Mam nadzieję, że ten nasz film będzie choć trochę podobny do przygód Supermana – westchnął Bolek.

– Albo do westernu – powiedział Lolek.

– No dobrze, ale co z obiadem? – spytała rzeczowo Mama.

– Mam pomysł – powiedziała Babcia. – Zamówmy pizzę.

– Kupna pizza na uroczysty niedzielny obiad? – żachnęła się Mama. – To przecież wstyd.

– Ważniejsze od tego, co się je, jest to, z kim się je.

– Właśnie – podchwycił Dziadek. – Dawno z nikim tak dobrze mi się nie rozmawiało.

– A ja się czuję, jakby ubyło mi ze trzydzieści lat. – Babcia się rozpromieniła.

– Pizza? Super! – ucieszył się Bolek. – Zamówmy amerykańską.

– I hawajską – podpowiedział Lolek.

Wieczorem, kiedy goście poszli do domu, a chłopcy leżeli już w łóżkach, Lolek powiedział szeptem:

– Wiem, kim zostanę, jak dorosnę.

– Aktorem? – Bolek ziewnął.

– Nie, książkowiczem.

– A kto to?

– Ktoś, kto namiętnie czyta książki i potrafi się przenosić do wymyślonych w nich światów.

– Lolek?

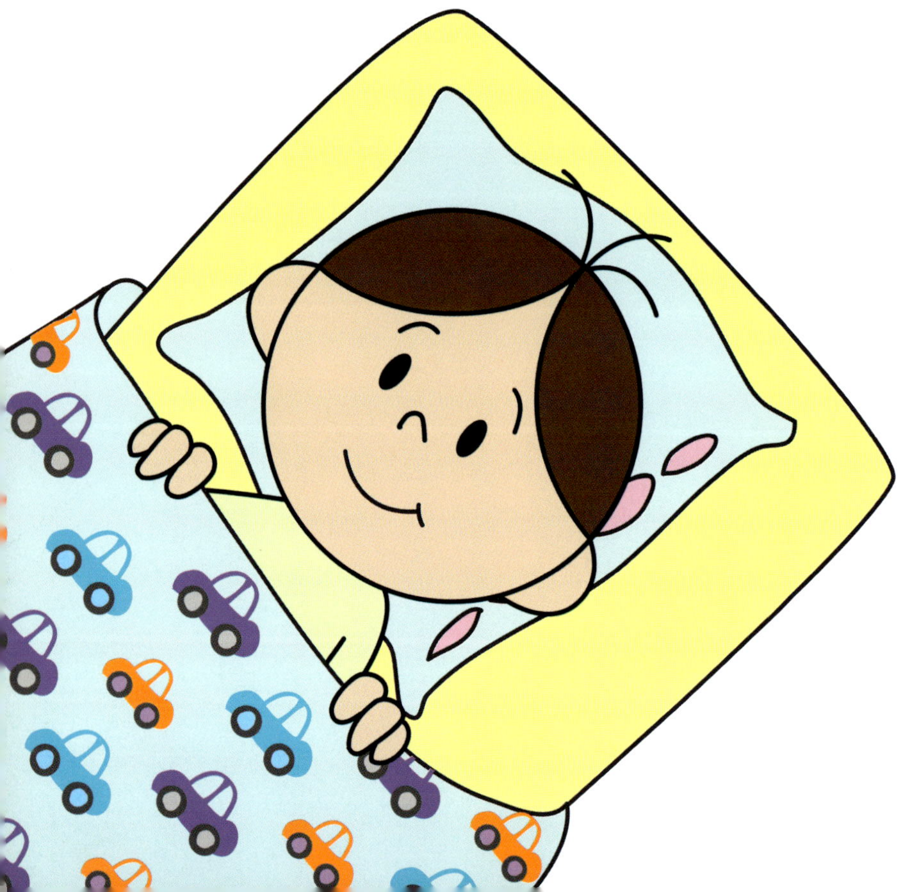

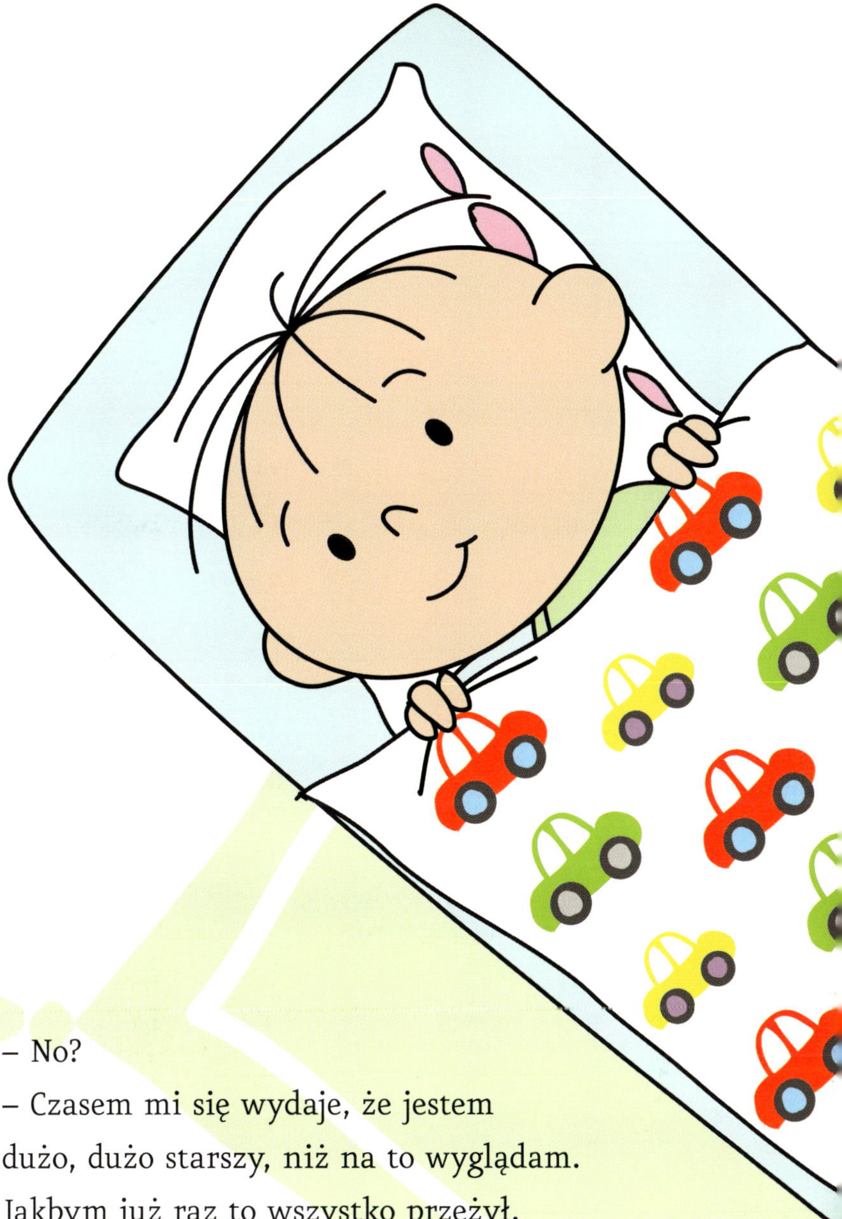

– No?

– Czasem mi się wydaje, że jestem dużo, dużo starszy, niż na to wyglądam. Jakbym już raz to wszystko przeżył. Dziwne, co?

– Mnie też się to zdarza. Na przykład dzisiaj.

– A żeby zostać książkowiczem, nie trzeba chyba czekać, aż się dorośnie. Można zacząć choćby jutro.

– Masz rację. Ale wiesz co? Do tego Hollywood też kiedyś pojadę.

– Ja też. – Ale w odpowiedzi usłyszał tylko równomierne pochrapywanie brata. „Do Hollywood" – pomyślał Bolek i też zasnął.

Przyśniło mu się, że bawi się z Lolkiem w Indian. Nagle jak spod ziemi wyrośli Mama, Tata, Babcia i Dziadek. To musiał być sen, bo

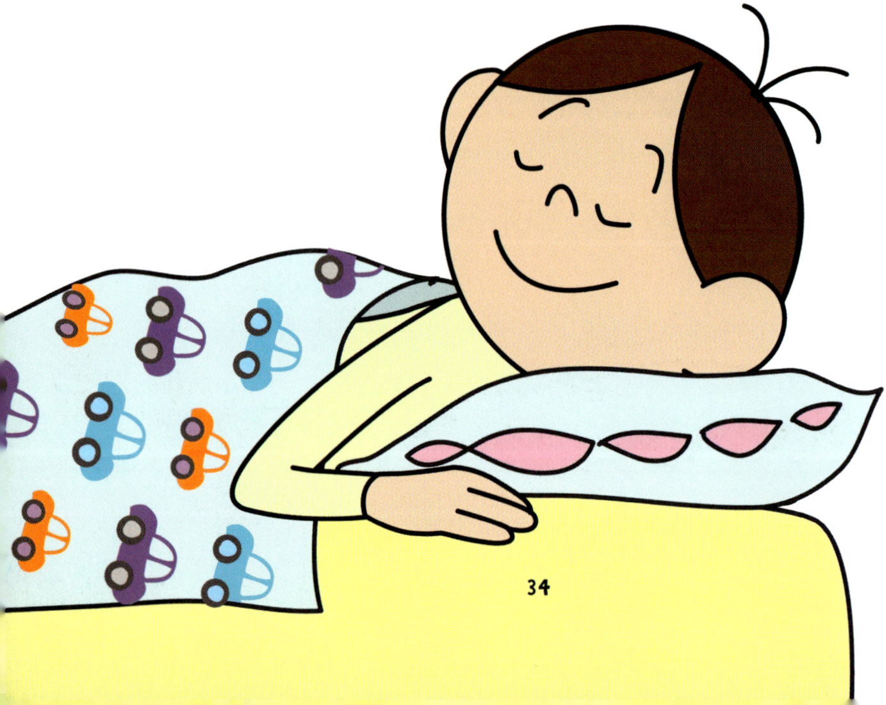

wszyscy czworo
na oczach Bolka
i Lolka zaczęli
młodnieć i wkrótce
niczym się nie różnili od ich
szkolnych rówieśników.

Dziadek, który teraz dziwnie przypominał Lolka, powiedział, pokazując na siebie palcem:

– Winnetou, wódz Apaczów, wita czerwonoskórych braci i czerwonoskóre siostry.

– A Unkas przynosi pozdrowienia od szczepu Mohikanów – przemówił uroczyście Tata, podobny do Bolka jak dwie krople wody.

– Ale, ale – przypomniał sobie Dziadek. – Dlaczego nazywaliście mnie Białym Bawołem?

– Jak to? – zdziwił się Lolek. – Na prerii aż się roi od bawołów.

– Bizonów – poprawił go Dziadek. – Bawoły żyją w Azji i Afryce.

– Oj, sporo się jeszcze musicie od nas nauczyć – zauważył Tata.

Dziadek przytaknął, mówiąc z zapraszającym gestem:

– Wioski Apaczów i Mohikanów stoją przed wami otworem.

– A na razie – włączyła się Mama – zapraszamy do naszego wigwamu na udziec z bawoła.

– Chyba z bizona? – podchwycił Bolek.

– Celny strzał, Wodzu Pewna Ręka – pochwaliła Babcia.

– Howgh! – Dziadek-Winnetou uroczystym gestem położył rękę na sercu. – Nie każdy może zagrać w hollywoodzkim filmie. Ale każdy, zawsze i wszędzie, może zostać Indianinem.

Maciej Wojtyszko

Domek

Był słoneczny wakacyjny dzień. Bolek i Lolek zaraz po obiedzie zabrali się do budowania wigwamu.
Pomysł narodził się w związku z faktem, że Mama zaprotestowała przeciwko oglądaniu w telewizji filmu o Winnetou i poprosiła, żeby zajęli się czymś sensownym. Koniecznie na świeżym powietrzu. Jest piękna pogoda, nie warto marnować dnia na siedzenie przed telewizorem.

Właściwie racja. Można samemu sprawdzić się w trudach i radościach indiańskiego życia. Można sobie zbudować wigwam.

– Weźmiemy stare koce, dobrze, Mamo?

Mama westchnęła ciężko, ale zgodziła się na użycie kilku koców i kap z łóżek oraz stojących w komórce dwóch lekkich metalowych drabinek.

Budowa wigwamu poszła bardzo szybko – na tyłach domu, w którym mieszkali, rozstawili drabinki, narzucili na nie koce, poprzyczepiali materiał takimi specjalnymi żabkami do wieszania mokrej bielizny i już! Bardzo fajny wigwam.

Budowa całej konstrukcji zajęła im może piętnaście minut, może trochę więcej.

Usiedli.

Siedzą.

– Fajnie! – mówi Bolek.

– Jasne – odpowiada Lolek.

– Możemy tak sobie tutaj siedzieć, ile chcemy – stwierdza Bolek.

– I nikt nas nie może zobaczyć – dodaje Lolek.

I nic. Cisza. Siedzą. Co można robić w wigwamie?

– Gdybyśmy mieli coś do zjedzenia, to moglibyśmy tu zamieszkać!

– Świetny pomysł! Trzeba przynieść dużo różnych rzeczy do zjedzenia!

Rzucili się pędem do kuchni.

– Mamo, Mamo, czy możemy dostać coś do zjedzenia?

– Już jesteście głodni? Przecież przed chwilą jedliście obiad. Poczekajcie, zaraz wam zrobię kanapki.

– Nie! Nie trzeba! Sami sobie zrobimy!

– Tylko żebyśmy mieli chleb, masło i nóż!

– Przygotujemy sobie posiłek w wigwamie!

Mama zawahała się przez moment, ale co miała robić – zepsuć taką fajną zabawę?
Dostali dużo różnych rzeczy do zjedzenia, w tym nawet kabanosy, które Lolek wypatrzył w lodówce, a które obu chłopcom wydały się wyjątkowo indiańskie – takie suszone i w ogóle.
Zabrali wszystko, przynieśli, usiedli. Bolek zaczął kroić chleb.

– Co ty wyprawiasz?
– Kroję chleb.
– Zamierzasz znowu jeść?
– A ty nie zamierzasz?
– To są zapasy. Nie możemy ich tak pożerać, ledwo je przynieśliśmy.
Bolek zastanowił się przez chwilę.
– W zasadzie racja, ale jest ciepło i jedzenie albo się popsuje, albo wysuszy. Nie wolno marnować jedzenia.
– W takim razie trzeba skonstruować jakiś magazyn i tam przechowywać prowiant. Musi nam starczyć przynajmniej na tydzień!

– Tyle czasu to w upale żadne masło nie wytrzyma.

– Wiem! Ale są przecież termosy!

– Termosy są do napojów – kawy, herbaty...

– Nie znasz się! Weźmiemy dwa termosy. Takie duże, te, które zabieramy, kiedy jeździmy z Tatą nad jezioro. Do jednego termosu włożymy kostki lodu i masło, a do drugiego nalejemy gorącej herbaty. Termosy są po to, żeby utrzymywać stałą temperaturę. Wszystko jedno jaką.

Trudno było zakwestionować tak logiczny wywód. Mama znów westchnęła i zgodziła się na zabranie z domu dwóch dużych termosów. Mamy bywają bardzo cierpliwe.

Z termosami było w wigwamie jeszcze mniej wygodnie.
– Już wiem! – zawołał Lolek. – Wykopiemy dołek i tam schowamy termosy. W takim dołku jedzenie będzie lepiej zabezpieczone! Termosy możemy owinąć folią, żeby im się nic nie stało.
– A jak przysypiemy dołek ziemią, to będziemy mieli luksusowe warunki – zgodził się Bolek.
Jak zaplanowali, tak też zrobili.

Na początku kopanie było bardzo trudne, bo drzewce łopaty wciąż zawadzało o materiał, ale kiedy zorientowali się, że przecież można na chwilę rozmontować całość i dzięki temu swobodnie machać łopatą, praca ruszyła z miejsca. Wykopali dużą jamę, zasypali w niej dwa termosy, ponownie rozpięli koce i kapy.

Siedzą.

– Teraz tu jest dużo miejsca – stwierdził Bolek.

– Świetnie się mieszka – zgodził się Lolek.

– Całkiem spokojnie można się zdrzemnąć!

– Jasne! Idę po poduszkę i kołdrę z mojego łóżka.

– A ja ze swojego!

Wpadli do domu. Wyjaśnili Mamie, jaki mają pomysł.

– Co to, to nie – powiedziała Mama – nie zamierzam potem wszystkiego prać!

– Ale, Mamo...

– Niczego z waszych łóżek!

– My planujemy spędzić tam cały tydzień! Gdybyśmy spali

w łóżkach, to po tygodniu
i tak wszystko poszłoby do
prania!
– Wykluczone.
– Wszystko psujesz!
Ostatnie stwierdzenie chyba
sprawiło Mamie przykrość,
ale nic nie powiedziała.

– Co to za różnica, czy kołdra będzie tu, czy tam – argumentował Bolek – byle się nią człowiek dobrze przykrył.

– Ja mogę potem pomóc przy rozwieszaniu prania – zadeklarował Lolek.

– Nie ma zgody na wynoszenie pościeli... ale... możecie wziąć... śpiwory.

– Śpiwory???

– Nie wiecie, co to są śpiwory?

Wiedzieli. Przynajmniej teoretycznie, bo w praktyce nie mieli okazji, żeby sypiać w śpiworach.

Podobno Tata i Mama
całą młodość spędzali,
mieszkając w namiotach
i śpiąc w śpiworach,
ale Bolek i Lolek nigdy
jeszcze nie mieli
okazji. Jakoś się nie
złożyło.

– Mamo, jesteś
genialna! – uroczyście
oświadczył Bolek.
– Fantastyczny pomysł! Śpiwory są najlepsze! –
poparł go Lolek.
Mama wyjęła z dna szafy dwa śpiwory i dorzuciła
do kompletu dwie piękne karimaty.
– Wiecie, jak to otwierać?
– Mamo, nie jesteśmy dziećmi!
– To proste. Damy sobie radę!

Rzeczywiście, mało jest równie prostych urządzeń jak śpiwory – wystarczy po prostu rozwinąć worek i wejść do środka.

Po rozłożeniu karimat i śpiworów zrobiło się w wigwamie bardzo przytulnie.

– Bez poduszki nie zasnę – oświadczył Lolek.
– Trzeba negocjować – zgodził się Bolek.
Wynegocjowali dwie stare, dość twarde poduszki z kanapy i budzik, żeby następnego ranka móc się obudzić w miarę wcześnie.
– No, teraz to to jest prawdziwy indiański dom!
Siedzą.
Wygodnie, miękko, tylko trochę nudno.
Położyli się.
Fajnie, ale na spanie trochę za wcześnie. Chociaż na dworze już się zmierzcha i w wigwamie zaczyna zapadać mrok.
– Trzeba przynieść latarki.
– Indianie nie mieli latarek.
– Przecież nie rozpalę ogniska na karimatach. Śpiworów też nie mieli. Niektóre rzeczy muszą się zmieniać.
– Jasne.

Na szczęście w domu były różne latarki i nikt nie zabraniał się nimi bawić.
Jedna duża w garażu, dwie mniejsze w pokoju dziecinnym, latarka-dynamo, która świeci, jak się rytmicznie ściska rączkę – razem cztery całkiem przyzwoite źródła oświetlenia.

Bolek w ostatniej chwili złapał jeszcze radyjko z ryjkiem świnki. Taka śmieszna zabawka na baterię, którą się włącza i można słuchać radia, a świnka wtedy otwiera i zamyka ryjek. Radio mówi głośniej – świnka ryjek otwiera, radio cichnie – świnka ryjek zamyka. Radio-świnka nie jest wprawdzie typowym rekwizytem dla pomieszczenia, w którym mieszka Winnetou, ale koncepcja indiańskiego domku wyraźnie zaczęła się unowocześniać.

Wrócili do wigwamu. Siedzą.

Latarki palą się, rzucając coraz wyrazistsze cienie, noc zagląda przez wszystkie szpary.

Bolek ściska i puszcza rączkę latarki-dynama, a światełko drży i pulsuje w takt jego ruchów.

– Głodny jestem.

– No nie!

– Jak „nie", jeżeli „tak"?

– Chciałem powiedzieć, że nie będę teraz odkopywał zapasów tylko dlatego, że tobie się zachciało jeść. Rano odkopiemy.

– Rano? Rano to ja już się będę skręcał z bólu, jeżeli w ogóle dożyję.
– Chcesz wszystko rujnować po nocy?
– Chyba moglibyśmy jeszcze zjeść kolację z Mamą i wrócić.
– W zasadzie... moglibyśmy. Ostatecznie zapasy robiliśmy na śniadanie.
Poszli. Wzięli tylko dwie małe latarki, pozostałe zostawili zgaszone, żeby wróg się nie zorientował. Mama nie okazała zdziwienia, choć na kolację musieli trochę poczekać. Jedli z apetytem i jakoś niespecjalnie śpieszyli się z powrotem. Zwłaszcza, że w telewizji był film o szlachetnym bandycie, który ratował piękną kobietę przed nieszlachetnymi bandytami i było to bardzo wciągające.
Niestety Mama wyłączyła telewizor i zapytała uprzejmie, gdzie jej synowie zamierzają dzisiaj

spać, bo ona jest już zmęczona i chciałaby wiedzieć.

– W wigwamie – powiedział Bolek.

– W wigwamie! – potwierdził Lolek.

– Aha, to proszę, żebyście przed zaśnięciem umyli zęby. Bo rozumiem, że nie bierzecie piżam i śpicie w ubraniach?

– W ubraniach!

Z jednej strony dobrze jest mieć rodziców, którzy na wiele pozwalają, ale z drugiej strony trochę głupio już po umyciu zębów wychodzić ciemną nocą do jakiegoś szarpanego wichrem pomieszczenia ze starych koców, wciskać się do chłodnych śpiworów w ubraniach, które nagle zaczynają uwierać w wielu miejscach, i jeszcze dodatkowo cały czas pompować rączką dynama, żeby było jaśniej.
I zasnąć nie jest łatwo.
Już nawet nie chodzi o to pompowanie, ale nie można powiedzieć, żeby było im specjalnie wygodnie i miło.

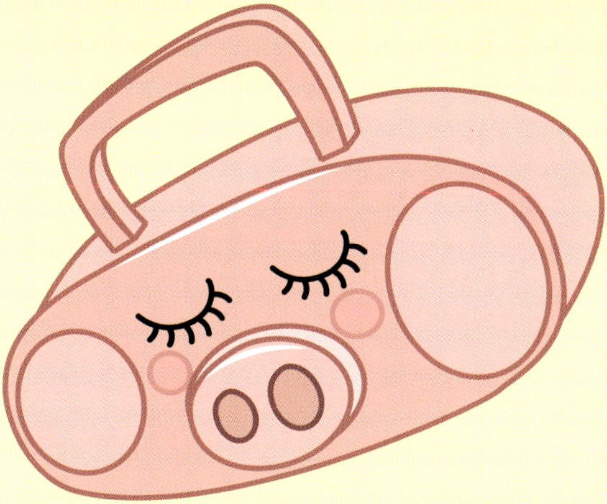

Zrezygnowali z latarki
z dynamem i zostali tylko przy
dwóch małych i jednej dużej.
Jakoś strasznie cicho się zrobiło.
– Włączę radio – postanawia Lolek.
Bolek nie protestuje, choć wie, że Winnetou
radia by nie słuchał.

Radio skrzypi, rzęzi i pluje fragmentami rozmaitych dźwięków, ale wreszcie łapie jakąś falę i stabilizuje się. Słychać głos prowadzącego audycję:

„W naszym studiu gościmy pana doktora Jana Wąsatego, który należy do grona rzadkich specjalistów. Dobry wieczór panu!

– Dobry wieczór.

– Panie doktorze, zwracam się do mojego rozmówcy – jest pan archeologiem, ale archeologiem z niezwykle ciekawą specjalnością. Pisze pan obecnie pracę poświęconą obrzędom... jaki jest tytuł pańskiego dzieła?

– Wczesnośredniowieczne pochówki antywampiryczne.

– Czy ja dobrze słyszę? Było coś takiego?
– Badania czaszek i szkieletów, które odnajdujemy w grobach podczas naszych badań, potwierdzają w całej rozciągłości...”
– Wyłącz to – wrzasnął Lolek.
Ryjek świnki znieruchomiał w pół słowa. Zrobiło się nieprzyjemnie. Wręcz strasznie. Koce łopotały coraz silniej na wietrze, szmery i szelesty tworzyły jakąś złowieszczą muzykę.

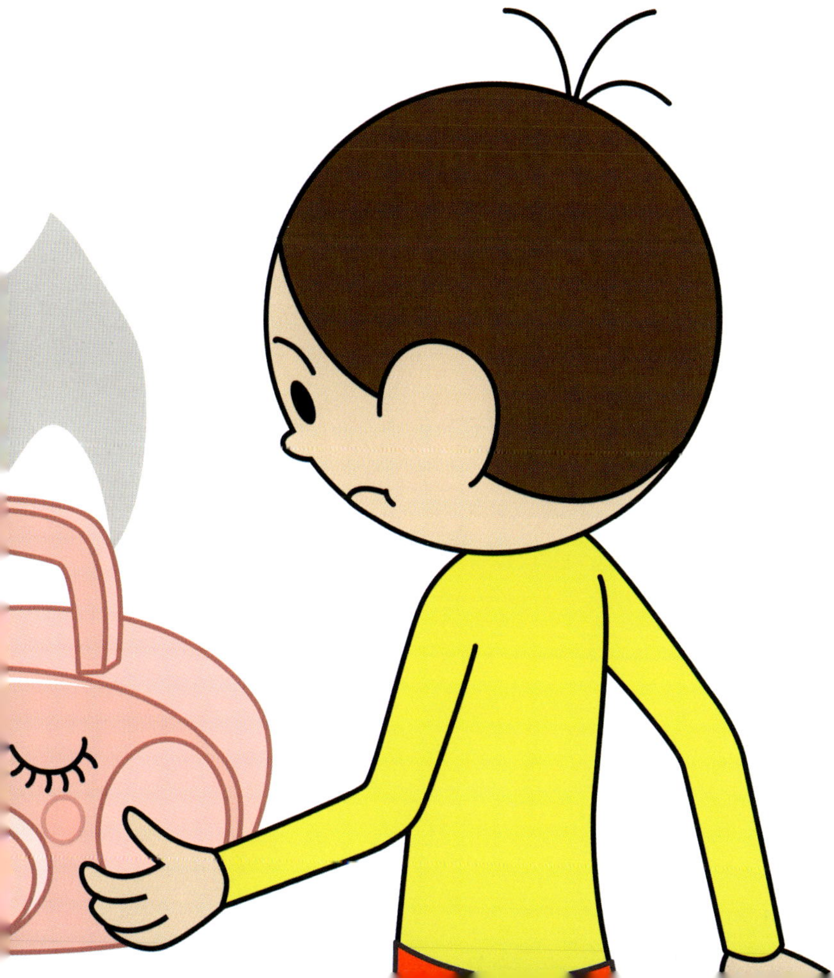

– Śpisz?
– Nie. Myślę.
– O czym?
– O zasadach.
– To tak jak ja.
– Bo właściwie…
– Właściwie, to tak.
– Tylko, że też nie do końca.
– Jasne, że nie!
– Bo można się upierać.
– Nawet należy się upierać.
– Tylko, że to może być niezdrowe.
– Jeżeli coś jest niezdrowe…
– Nawet bardzo niezdrowe.
– To chyba nie warto ciągnąć tego dalej?
– Ja myślę, że to bez sensu.

– Ja też, ale przecież
cały czas było dobrze.
– I wszystko mieliśmy
przemyślane.
– Skoro cały czas było dobrze,
to kiedy zaczęło się źle?
– Musiał być jakiś błąd.
– Na samym początku?
– Nie, no coś ty! Zabawa
była w porządku.
– To kiedy?
– Gdzieś tak w środku?
– Nie. Przecież na
kolację wróciliśmy do
domu.
– No, to kiedy to się
zaczęło?
– Co?
– No to, że teraz
myślimy jak
przestać.
– Nie mam pojęcia.

Była to bardzo szczera rozmowa. Bo rzeczywiście – chłopcy znaleźli się w dziwnej sytuacji. W momencie gdy osiągnęli upragniony cel, zrozumieli, że tak naprawdę wcale o nim nie marzyli. Co więcej, zorientowali się, że bardzo długo pracowali nad tym, żeby w rezultacie było im bardzo niemiło.

– To wszystko przez to świńskie radio!

– Radio to już był tylko gwóźdź do trumny.

– Przestań.

– Boję się.

– Coś ty, nic nam tu nie grozi.

– A ja się boję. I chcę do domu.
A ty nie?
– Pewnie że tak. Wracamy?
Pędem pobiegli do domu. Drzwi otworzyła im Mama.
– Mamo, my już nie chcemy nocować w wigwamie.
– Rozumiem. Przebierzcie się w piżamy i kładźcie do łóżek.
– Nie gniewasz się na nas?

– Nie. Kiedy byłam w waszym wieku, też zbudowałam taki domek i też w nim chciałam nocować.
– I co?
– Wyobraźcie sobie, że moi rodzice nie pozwolili mi na to.
– I dlatego ty nam pozwoliłaś?
– Byłam strasznie ciekawa, jak się to tym razem skończy.

Rafał Kosik

Plecak z najpotrzeb-
niejszymi rzeczami

– Po co ci taki ciężki plecak? – zapytał Bolek, przyglądając się przygotowaniom młodszego brata do wycieczki rowerowej. – Przecież nie jedziemy na Madagaskar, tylko za miasto.

– Nigdy nie wiadomo, co się może przydać – odparł Lolek. – Sprawdzę jeszcze prognozę pogody w internecie.

Bolek pierwszy dopadł laptopa i zamknął ekran.

– Guzdrasz się jak śpiący koala. Jedźmy wreszcie.

Lolek westchnął i wziął plecak, w którym coś zaszeleściło i zastukało. Bolek był ciekawy, co za tajemniczy duży przedmiot wylądował w plecaku

i po co, ale duma nie pozwalała mu zapytać.
Założyli kaski, wyprowadzili rowery przed dom i wyjechali na ścieżkę rowerową prowadzącą wprost za miasto. Słoneczne popołudnie zapowiadało przyjemną wycieczkę.

Bolek, który nie miał plecaka, jechał szybciej i co chwilę musiał czekać na Lolka. Wreszcie zjechali na zwykłą leśną ścieżkę.

– Nie tak szybko – poprosił Lolek, cały spocony z wysiłku. – Nie mam siły.

– Trzeba było nie brać tylu klamotów – odparł przez ramię Bolek i pomknął między drzewami.

Lolek dogonił go dopiero na małej polance. Wprost idealne miejsce do odpoczynku. Przez środek

przepływał strumyk, nad którym przerzucony był drewniany mostek.

Chłopcy usiedli na trawie, żeby odpocząć. Lolek pociągnął duży łyk wody z bidonu.

– Daj trochę – poprosił brat. – Nie wziąłem wody.

Próbował wypatrzeć tajemniczy przedmiot przez otwarty suwak plecaka. Jednak nie udało się. Lolek podał mu bidon, a sam wyjął z plecaka cienki koc i rozłożył go na trawie. Położyli się na nim i ogarnęło ich tak miłe rozleniwienie, że wcale nie mieli ochoty wracać. Wiatr szumiał w koronach drzew, strumyk szemrał cicho.

– Au! – Bolek usiadł gwałtownie i klepnął się w kolano. – A niech to świstak świśnie! Ostatnio nie było tu komarów.

W pół minuty powietrze wokół nich wypełniło się bzyczeniem.

Bolek, podskakując, zaczął się opędzać od małych krwiopijców. Lolek rozsunął suwak plecaka, w którym znów coś zaszeleściło i zastukało, i wyjął spray na komary. Psiknął na brata, potem na siebie. Komary natychmiast odleciały, zostawiając ich w spokoju.

– Sprytne – przyznał Bolek. – Następnym razem zabiorę spray do kieszeni. To jedyna rzecz, która naprawdę się przydaje na wycieczce.

– Tak samo jak bidon – dodał Lolek.

Ponownie otworzył plecak, wyjął z niego kanapkę i odgryzł pierwszy kęs.

– Może następnym razem wezmę małą torebkę – powiedział Bolek, który poczuł, jak ślinka napływa mu do ust. – Taką, żeby zmieścił się spray na komary i prowiant. I bidon.

– I koc. – Lolek przełamał kanapkę i bez słowa podał bratu nienaruszoną część.

Ledwie skończyli jeść, nad lasem przetoczył się odległy grzmot.

– To chyba burza. – Lolek nasłuchiwał chwilę.

– Jaka burza? Przecież świeci słońce.

– Pamiętasz, jak w zeszłym roku pojechaliśmy z Tatą na wycieczkę rowerową? – zapytał Lolek. – Deszcz złapał nas kilka kilometrów od domu.

– Pamiętam. Przesiedzieliśmy ulewę w barze. Byliśmy potem tak objedzeni, że rowery ledwo wytrzymały nasz ciężar.

Grzmot powtórzył się.

– Może to ćwiczenia lotnictwa – zastanowił się Bolek. – Kiedy myśliwiec przekracza prędkość dźwięku, to słychać taki właśnie huk.

Przesunął się nieznacznie, by zajrzeć do plecaka brata. Znów nie udało mu się dostrzec, jakiż to tajemniczy przedmiot znajduje się w środku.

Tymczasem słońce schowało się za delikatną mgiełką. Zrobiło się wyraźnie chłodniej, a wierzchołki drzew kołysały się w podmuchach wiatru.

– Motyla noga! – Bolek skrzywił się. – Źle to wygląda.

– To nie są ćwiczenia lotnictwa. – Lolek wstał i zaczął pakować plecak. – Takiego wiatru nie robią helikoptery. Idzie burza. Nie wiem jak ty, ale ja wolę dotrzeć do domu, zanim nas złapie.

Bolek przypomniał sobie, że przed wyjściem nie pozwolił bratu sprawdzić prognozy pogody. Zrobiło mu się trochę głupio. Zwinęli koc, wskoczyli na rowery i ruszyli w drogę powrotną. Kolejny grzmot rozległ się bardzo blisko.

– Pamiętaj, żeby podczas burzy nie zbliżać się do drzew! – krzyknął Bolek. – Piorun może nas przerobić na hamburgery.

Pedałował, ile sił, oglądając się co jakiś czas, czy brat nie zostaje z tyłu. Lolek wyjątkowo nadążał. Perspektywa zmoknięcia dodawała mu sił.

– Ale tu są same drzewa – zauważył Lolek.

Dopiero gdy wyjechali z lasu i spojrzeli za siebie, zobaczyli doganiający ich wał granatowych chmur. Nie widzieli go wcześniej, przesłaniały go bowiem gęste korony drzew. Gdy poczuli pierwsze krople deszczu, od najbliższych zabudowań dzieliło ich wciąż prawie pół kilometra.

– Na łące jest jeszcze bardziej niebezpiecznie niż pod drzewem – przypomniał sobie Bolek. – Szybciej! Zaraz dojedziemy do latarni i domów z piorunochronami. Tam będziemy bezpieczni.

Z niesamowitą prędkością dotarli do wiaty przystanku autobusowego. Rozpoczynająca się nawałnica zdążyła zmoczyć ich tylko trochę. Sprawdzili rozkład jazdy autobusów. Niestety, była niedziela

i autobusy kursowały rzadziej. Najbliższy miał przyjechać za trzydzieści minut. Chłopcy posmutnieli. Perspektywa spędzenia pół godziny na pustym przystanku nie była miła. Wprawdzie nie padało im na głowy, ale za to wiało po łydkach. A mieli przecież krótkie spodenki.

Bolek kichnął.

– Masz chusteczkę? – zapytał. – Bo ja… jakoś tak przypadkiem nie wziąłem.
Brat bez słowa zanurzył rękę w plecaku. Zaszeleścił i zastukał tajemniczą zawartością i odnalazł nienapoczętą jeszcze paczkę.
– Do tej torby, co ją będę zabierał na wycieczki, dorzucę też paczkę chusteczek. – Bolek wydmuchał nos i wzdrygnął się z zimna. – I coś przeciwdeszczowego – dodał.

– Złapiemy tu katar – powiedział Lolek. – Musimy jechać mimo deszczu.
Wyjął z plecaka dwie peleryny.
– Pelerynę też wrzucę do mojej torby – obiecał Bolek, a po namyśle dodał – albo lepiej do plecaka. No, ale wtedy będę miał tyle samo klamotów co ty.
– Dzięki temu nie będę musiał sam wszystkiego nosić – odparł Lolek.

Już mieli jechać, gdy przez szum ulewy przebił się niepokojący syk. Chłopcy rozejrzeli się, ale na przystanku nie było nikogo poza nimi. Wtedy Bolek spojrzał na przednie koło swojego roweru. Z opony zeszło powietrze. Prawdopodobnie podczas szybkiej jazdy trafił na gwóźdź albo na kawałek szkła. Nie mogli dalej jechać.

– No i skończyło się rowerowanie – westchnął Bolek. – Założę się, że w tym wypchanym jak najedzony hipopotam plecaku nie masz łatek do dętek.

– Nie mam łatek. – Lolek uśmiechnął się i po raz kolejny zaczął grzebać w plecaku. – Bo mam całą dętkę. Wziąłem też podstawowy zestaw narzędzi.

Wyjął z plecaka koc, bidon, chusteczki i spray na komary. Dopiero wtedy dostał się do dętki.

– Szacun, bracie. – Bolek pokiwał głową.

Odwrócili rower do góry kołami i odkręcili nakrętki przy przedniej ośce. Potem w dwie minuty zdjęli oponę, wymienili zepsutą dętkę na nową i założyli oponę z powrotem. Jeśli się wie, jak to zrobić, jest to naprawdę proste. Przykręcili mocno koło i napompowali. Okazało się bowiem, że przezorny Lolek miał w plecaku również pompkę.
– Tę dętkę załatam w domu i będę woził jako zapasową – powiedział.
Otwarty plecak znalazł się tuż koło Bolka. Chłopiec tym razem nie przepuścił okazji, by sprawdzić, co jest w środku.
Jednak nie znalazł tam owego tajemniczego przedmiotu,

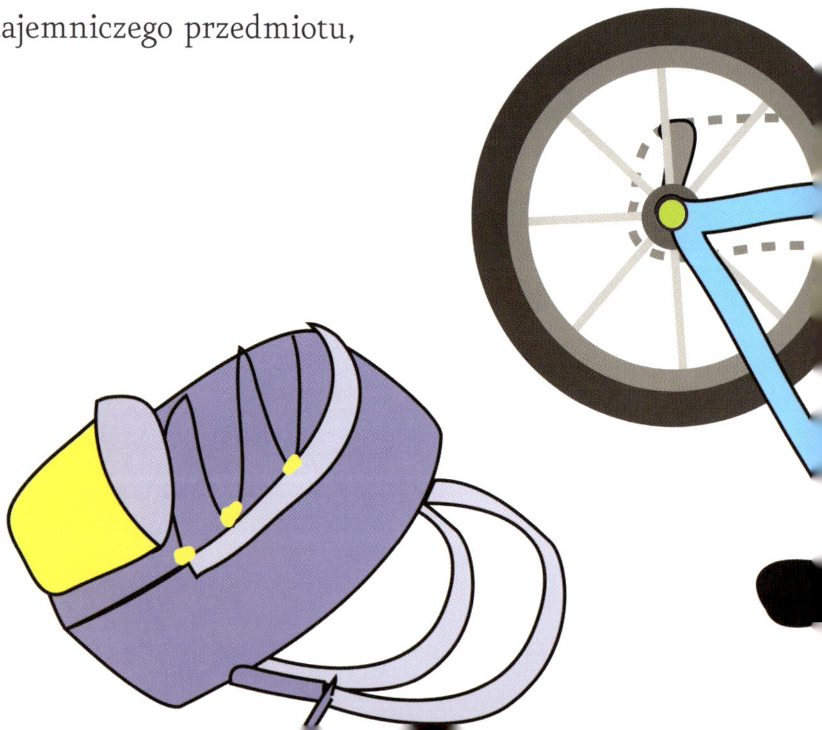

który zajmował tyle miejsca, szeleścił i stukał. Plecak był pusty.

– Tu chyba czegoś brakuje – powiedział zaskoczony Bolek. – Gdzie ten tajemniczy przedmiot, który zabrałeś z domu?

– Spakowałem koc – odparł Lolek, ponownie wkładając go do plecaka, a także spray na komary, bidon, torebkę z kanapką, dętkę, paczkę chusteczek, pompkę, zestaw narzędzi i małą apteczkę.

– No i peleryny. – Bolek potrząsnął swoją peleryną. – To wszystko? A co szeleściło? A co stukało?

W odpowiedzi Lolek potarł pelerynę brata, która zaszeleściła w znajomy sposób. Następnie potrząsnął plecakiem, w którym zastukały o siebie wszystkie twarde przedmioty.

– Nie było żadnego tajemniczego przedmiotu. A teraz jedźmy, zanim tu zamarzniemy.

– OK, przyznaję, miałeś rację – powiedział Bolek, wsiadając na naprawiony rower. – Plecak z najpotrzebniejszymi rzeczami to doskonały pomysł.

Ruszyli w mokrą drogę do domu. Jechali wolniej, żeby się nie przewrócić na śliskiej nawierzchni. Pamiętali o tym, żeby przed każdym skrzyżowaniem ścieżki rowerowej z ulicą dokładnie się rozejrzeć. Przecież w takim deszczu kierowca samochodu może nie zauważyć rowerzysty. Dojechali do domu kwadrans później. Odstawili rowery i zrzucili przemoczone buty. Dzięki pelerynom mokre mieli tylko twarze i łydki.

– Już miałem po was jechać samochodem – oświadczył Tata.

Uśmiechnął się, widząc, że jego synowie doskonale poradzili sobie w trudnych warunkach. Mama za to załamała ręce i pobiegła do łazienki po ręcznik, by ich wytrzeć do sucha. Bolek wyminął Mamę, podszedł do szafy w swoim pokoju i zaczął w niej grzebać.

– Synku, przebierz się najpierw w suche rzeczy! – zawołała Mama z troską w głosie. – Przeziębisz się.

– Za chwilkę, Mamo. Przygotuję tylko plecak. Jutro też jedziemy na wycieczkę.

Wojciech Bonowicz

Czarne koty

Bolek i Lolek nie bardzo wiedzieli, co robić. Siedzieli i patrzyli na siebie. Od czasu do czasu Bolek poprawiał przedziałek, a Lolek pocierał czubek nosa. Albo Bolek pocierał czubek nosa, a Lolek przeciągał dłonią po głowie, jakby sprawdzał, czy przypadkiem też nie ma przedziałka. Ale nie miał.
Siedzieli tak dopiero od kilku minut, ale wydawało im się, że trwa to o wiele dłużej. Na przykład Bolek miał wrażenie, że mógłby w tym

czasie pięć razy obiec dookoła osiedle. A Lolkowi przyszło na myśl, że mógłby w tym czasie pójść do lodówki, nałożyć sobie lodów z dwóch pudełek, po dwie duże łyżki z każdego, wrócić do pokoju i zjeść. I jeszcze odnieść do kuchni pustą miskę.

Tyle że w lodówce nie było lodów. W ogóle prawie niczego tam nie było, bo lodówka dwa dni wcześniej przestała chłodzić. Mama była bardzo zmartwiona: – Ostatnio wszystko się psuje – powiedziała wczoraj.

Rzeczywiście. W ciągu tego tygodnia zepsuła się lodówka, komputer Lolka, laptop Bolka i wiatrak,

który stał w ich pokoju. A dziś Mama pojechała do warsztatu, bo w jej samochodzie popsuł się alternator. I w związku z tym nie zawiozła do naprawy ani laptopa, ani komputera. A do lodówki ktoś przyjdzie. Albo i nie.

– Dawniej rzeczy nie psuły się tak szybko – powiedziała Mama. – Popatrzcie na to krzesło: siedziałam na nim, kiedy byłam w waszym wieku, a nawet jeszcze młodsza. I proszę, krzesło ciągle jest dobre. Ile osób już się na nim kołysało – nie macie pojęcia! Wasz Wujek nie raz i nie dwa się z nim przewrócił – ale o tym chyba nie powinnam wam mówić... W każdym razie krzesło wszystko przetrwało. Tylko odrobinę skrzypi, nic więcej.

Potem Mama opowiedziała jeszcze historię poprzedniej lodówki i pierwszego samochodu, jakim jeździła. Powiedziała, że strasznie kopcił, ale części miał trwałe jak czołg.

– Ale pech – zagadnął Lolek Bolka. – Czuję się tak, jakbym sam się popsuł.

– Nic mi się nie chce – odparł Bolek.

Wtedy zadzwonił telefon. Telefon przynajmniej jeszcze działał.

W słuchawce rozległ się głos Joli: – Cześć! Może byście do mnie przyszli? Złamałam rękę.

– Kiedy złamałaś? – zapytał Bolek.

– W tym tygodniu. No, dwa dni temu.

– O kurczę – jęknął Lolek. – To już nie pech, to prawdziwa...

– ... klątwa – dokończył Bolek szeptem. Nie bardzo wierzył w czary, ale coś mu się tu nie podobało.

– To jak? Przyjdziecie? – dopytywała się Jola.

Bolek spojrzał na Lolka.

– Wiesz, jakoś tak nie bardzo teraz możemy – zaczął się tłumaczyć. – Ma przyjść pan do lodówki czy coś takiego...

– Nawet na lody się nie skusicie?

Lolek przełknął ślinę.

– Jak tę lodówkę naprawi, to wtedy może – ciągnął Bolek. – Jak nie będzie za późno.

– No to jak byście dziś nie przyszli, to jutro wpadnijcie. Ale wtedy z własnymi lodami, bo te do jutra raczej nie wytrzymają – powiedziała Jola i rozłączyła się.

Oczywiście, nie było żadnej klątwy. Był to tylko zbieg przykrych okoliczności, przypadek. Oczywiście. Ale mimo to Bolkowi nie dawała spokoju pewna myśl. – Coś za bardzo oczywista ta oczywistość – powiedział głośno.

– To znaczy co? – spytał Lolek.

– To znaczy, że nie wiadomo, czy coś się przeciw nam nie sprzysięgło.

– Jak to przeciw nam? A Jola?

– No właśnie. Jola to nasza przyjaciółka. Sprawa zatoczyła szersze kręgi. Myślę, że ktoś tu coś kombinuje. Ale nie wiem kto i co. Wiem jedno: ludzie i rzeczy nie psują się naraz tak bez przyczyny.

Bolek spojrzał w okno. Za oknem była mgła, niezbyt gęsta, widać było zarysy sąsiedniego domu.
– Ciekawe, kiedy wróci Mama – powiedział ni z tego, ni z owego Lolek. Wydało mu się, że w pokoju

nagle zrobiło się jakby ciemniej, choć była dopiero trzecia.

A Bolek zaczął sobie przypominać różne zdarzenia z tego i poprzednich tygodni. Zaczął się zastanawiać, czy któreś z nich nie zapowiadało tego, co się stanie.

Na przykład trzy tygodnie wcześniej przyśnił mu się znów leśny dziadek. Bardzo sympatyczny, udawał gajowego i przechadzał się po lesie z rowerem i termosem herbatki. W końcu pomachał Bolkowi i znikł. A mimo to chłopcu wydało się teraz, że było w nim coś groźnego. No bo właściwie dlaczego się przyśnił?

Przed dwoma tygodniami zaś spotkali na ulicy starszą panią. Niosła dwie ciężkie siatki. A oni się spieszyli i minęli ją, nie pytając, czy nie potrzebuje pomocy. Zresztą

Mama i panie w szkole powtarzają, żeby nie rozmawiać z obcymi. Starsza pani była obca. I jeszcze tak jakoś dziwnie obco na nich spojrzała.

A tydzień temu Tata powiedział, że jak będą tyle grali na komputerach, to w końcu te przegrzeją się i padną. „To jakaś bzdura", powiedział wtedy kolega

Bolka, Paweł. „Komputery nigdy nie padają od przegrzania. Po prostu, kiedy są stare, wysiadają”. Bolek zaczął się zastanawiać, czy Tata przypadkiem czegoś nie przeczuwał. Bo zaraz jak wyjechał, zaczęły się kłopoty.

Bolek podniósł słuchawkę telefonu. Wykręcił numer.

– Halo – odezwała się Jola.

– Cześć, to ja – wymamrotał Bolek.

– No cześć – ucieszyła się Jola. – Namyśliliście się? Przyjdziecie?

– Wiesz, naprawdę teraz nie możemy. Ale chciałem cię zapytać jeszcze, jak to się stało. No, z tą ręką. Jak ty ją właściwie złamałaś?

– To głupia historia. Interesuje cię to? – zdziwiła się Jola.

– Chciałbym wiedzieć.

– No więc to było tak: szłam na lekcję tańca i zadzwoniła komórka. I ja się oparłam o ścianę domu, żeby spokojnie porozmawiać, a stopy miałam na chodniku. Tyle że chodnik w tym miejscu był jakiś śliski, komuś się woda rozlała czy olej. I ja się poślizgnęłam i upadłam – na prawą rękę.

– A przedtem nic dziwnego cię nie spotkało?
– Nie, no coś ty? Byłam głupia, bo się nie przyjrzałam, gdzie stoję, tylko gadałam i gadałam.

Przechodziła

obok jakaś pani z siatkami, rzuciła zaraz te siatki i pomogła mi wstać. I zadzwoniła do mamy – bo z mojej komórki wypadła bateria – a mama mnie zawiozła na pogotowie.

„Pani z siatkami – pomyślał Bolek. – Ciekawe, czy to nie ta sama?”

– Starsza pani?

– Że co?

– No w jakim wieku ta pani była?

– Młoda raczej. Tak naprawdę miała tylko jedną siatkę. I taką torbę elegancką, taką szarą, wiesz,

z ludowym motywem po obu stronach. Taką jak twoja Mama, tylko że twoja Mama ma wzór łowicki, a tamten był chyba jakiś inny...
Jola rozgadała się o torbach, ale Bolek już nie słuchał. Puknął się w czoło – to znaczy: nie zrobił tego dłonią, tylko w myślach – i uśmiechnął się do siebie. Kiedy odłożył słuchawkę, podszedł do Lolka, który klęczał na krześle przy oknie i gapił się na mgłę. Położył mu rękę na ramieniu.
– Wiesz co, nie ma żadnego pecha ani żadnej klątwy. Przepraszam, że cię nastraszyłem.

W tym momencie przed dom zajechała Mama. Zajechała – własnym samochodem. Wysiadła, delikatnie zamknęła drzwi, a ponieważ się nie zamknęły, otworzyła jeszcze raz i trzasnęła jak zwykle.

– Alternator, alternator – powiedziała, wchodząc do mieszkania. – Pasek od alternatora i dwie uszczelki, i jakaś podkładka, i klocki hamulcowe od razu. Osiem stówek nie moje.

– Hurra – krzyknął Lolek i rzucił jej się na szyję.
Mama spojrzała pytająco na Bolka.
– Bo my tu się o ciebie martwiliśmy – powiedział Bolek. – No bo ta mgła, i ten samochód, i lodówka…
– Aha – kiwnęła głową Mama. – A wiecie, że jak jechałam do warsztatu, to dwa czarne koty przebiegły mi drogę? Ale jak dwa naraz, to chyba nie jest pech, no nie?

Ewa Karwan-Jastrzębska

Tajemnicza jaskinia

Namioty stały już na polanie, gdy rozległ się gwizdek. Ostre, górskie powietrze i zapach sosnowych igieł sprawiały, że Bolek i Lolek czuli się w górach, jak podróżnicy odkrywający nieznane lądy. Nawet niebo wydawało się inne niż to, które oglądali codziennie nad miastem. Płócienne domki, rozpostarte niczym wielkie parasole w przedpokoju dziadków, lśniły teraz w słońcu, czekając na swoich lokatorów. Bolek uśmiechnął się do brata i odetchnął pełną piersią.

– Mówiłem, że zdążymy ze wszystkim – powiedział z dumą. – Ciekawe, co tym razem wymyślił Wujek Edward.

Tata i Wujek jak co roku zabrali chłopców na tygodniową męską wyprawę. Wyjazd w góry pod namiot był najbardziej wyczekiwaną chwilą podczas wakacji. Wujek, dawny harcerz, uczył chłopców wielu pożytecznych rzeczy, a Tata wyśmienicie gotował.

Tym razem znaleźli się w pobliżu słynnych jaskiń, w których podobno kiedyś żyły niedźwiedzie. Ale pewnego dnia odeszły nie wiadomo dokąd. Namiot chłopców rozbity został tuż obok jednej z nich, ale Wujek przysiągł, że dawno już żadne zwierzęta w jaskini nie mieszkały i osobiście sprawdził,

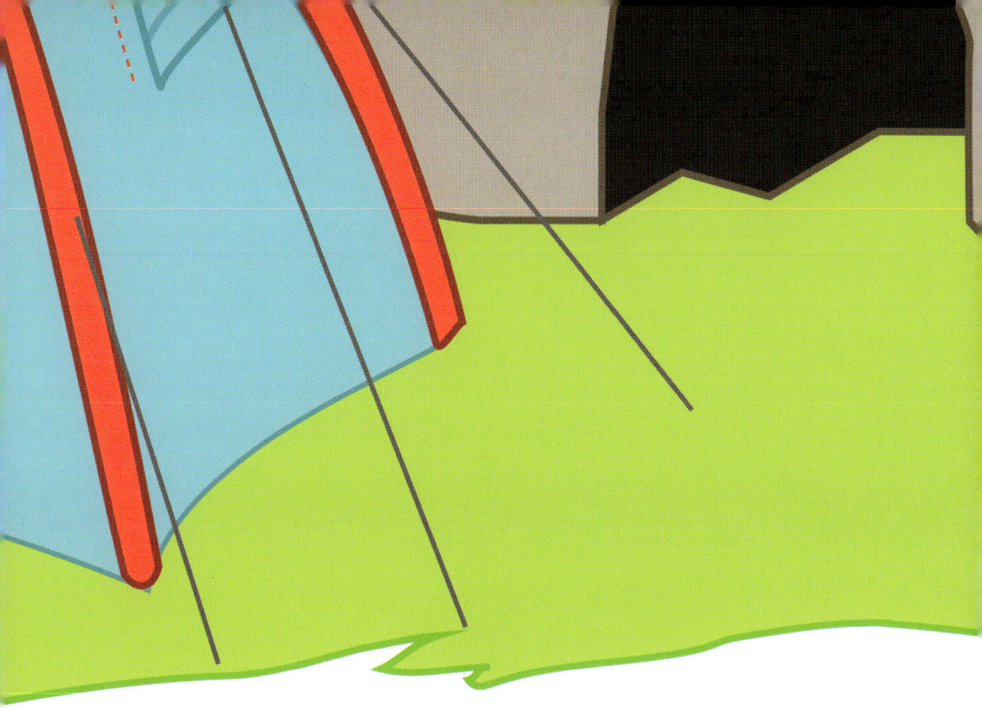

czy nie ma w niej śladów ich obecności. Przed wyjazdem Lolek dopytywał się, czy misie na pewno odeszły, bo choć lubił oglądać w telewizji programy przyrodnicze, wolał nie ryzykować spotkania w cztery oczy z dzikim i głodnym, mierzącym dwa metry brunatnym stworzeniem.

– Chłopcy! – ryknął Wujek Edward, podciągając wyżej opadające do kostek podkolanówki. – W szeregu zbiórka!

Bolek i Lolek stanęli obok siebie, prostując się jak struny. Wiedzieli, że z Wujkiem nie ma żartów i warunkiem wspólnego wyjazdu jest pełna dyscyplina. Dzięki niej unikało się przykrych niespodzianek.

– Kolejno odlicz! – rozległa się komenda i Lolek przypomniał sobie, gdzie jest.
– Raz! Dwa! – wykrzyknęli kolejno obaj bracia, wpatrując się z uwielbieniem w Wujka Edwarda.
– Rozejść się! – ryknął Wujek i wyciągnął z plecaka finkę, przedmiot marzeń chłopców.
Finka należała wcześniej do Dziadka, a ponieważ Wujek był starszy od Taty, to on dostał słynny nóż. Teraz sięgnął po gałązkę i zaczął strugać jeden koniec, aby zaostrzyć ją i zamienić w szpikulec do nabijania pieczonych kiełbasek. Bolek usiadł blisko Wujka i obserwował uważnie powstający rożen.
W tym samym czasie Tata z Lolkiem zbierali gałęzie na ognisko, które zawsze rozpalali w dniu przyjazdu.

Wieczór bez ogniska, jak mawiał Wujek, był wieczorem straconym. Mama zapakowała rekordową ilość kartofli i kiełbasek.

Bolek i Lolek dowiedzieli się, że kiełbasę trzeba trzymać na długim patyku i wysoko nad ogniem, a kartofle wrzucić w żar i je w nim zasypywać tak, aby się nie spaliły.

Gdy nadszedł wieczór, chłopcy usiedli przy ognisku, przyglądając się patykom, które leżały równo na kocu. Bolek trącił porozumiewawczo brata i uśmiechnął się szeroko.

– Wiesz, Bolku – rozmarzył się Lolek – Chciałbym, aby w jednej z tych jaskiń

można było zamieszkać. Nie musielibyśmy wracać po wakacjach do szkoły, żylibyśmy jak dzicy ludzie, Tata polowałby na zwierzynę, a Wujek przynosił ze strumienia wodę.

– Nie tęskniłbyś za Mamą? – zdziwił się starszy brat.

– No może troszeczkę, ale tylko na początku. Potem bym zdziczał i o wszystkich zapomniał.

– Dobrze, że mi przypomnieliście. Marsz po wodę! Inaczej zamienię was w dzikie zwierzęta! Nie będziecie musieli

nawet czekać! – huknął niespodziewanie Wujek.
– Ale jest ciemno… – jęknął Lolek.
– I w lesie mogą być zwierzęta… – dodał Bolek.
– A od kiedy to prawdziwi harcerze boją się zwierząt i ciemności? – dorzucił Wujek.
– Ale jest zimno… – powiedział już ciszej Bolek.
Nie na darmo nazywali Wujka Żelaznym Edwardem. Oczywiście nikt o tym nie wiedział, lecz gdy byli sami, rozmawiali o nim jak o niezniszczalnym. Dla chłopców był supermanem i kimś, kto wszystko potrafi. Zacisnęli więc zęby i ruszyli w stronę strumienia.

– Auć! – krzyknął Lolek – coś mi przebiegło przez stopę!
– To tygrys! – wyszeptał Bolek. – Nie chciałem ci mówić, ale tutaj są...
– Tygrysy!?! – wrzasnął młodszy brat. – Tu są tygrysy!?!
Bolek wybuchnął śmiechem i poklepał brata po plecach.
– Tu nie ma żadnych tygrysów. Jedynym tygrysem jestem ja!
– Jak będziesz mnie straszył, to cały tydzień spędzisz na szorowaniu garów i pilnowaniu namiotów – uprzedził Bolka Lolek.

Starszy chłopiec puścił oko do braciszka, bo to była ich gra, kto kogo bardziej przestraszy. I tym razem wygrał Bolek.

Woda w strumieniu była tak zimna, że zanurzając w niej ręce, można było uwierzyć, że wylądowało się nie w lesie, lecz na lodowcu. Lolek zerknął z ukosa na brata i niespodziewanie pociągnął go za rękę. Bolek poślizgnął się i zsunął prosto do strumienia.

– To nieuczciwe! – wrzasnął – mam mokre trampki.

Braciszek zaśmiewał się, nie mogąc złapać oddechu. Potem jednak przypomnieli sobie, że nie można hałasować w lesie i napełnili kociołek wodą.

Gdy wrócili na polanę, ognisko dogasało, a Wujka i Taty nigdzie nie było. Na plecaku leżała kartka: „Poszliśmy coś sprawdzić, idźcie spać. Dobranoc".
– Czy zawsze muszą nam to robić? – spytał Bolek.
– Nie wiem, czy zawsze, ale znowu to zrobili! – oburzył się Lolek.

Tata z Wujkiem Edwardem mieli zwyczaj znikać. Chłopcy, choć przyzwyczajeni do wspólnego biwakowania, za

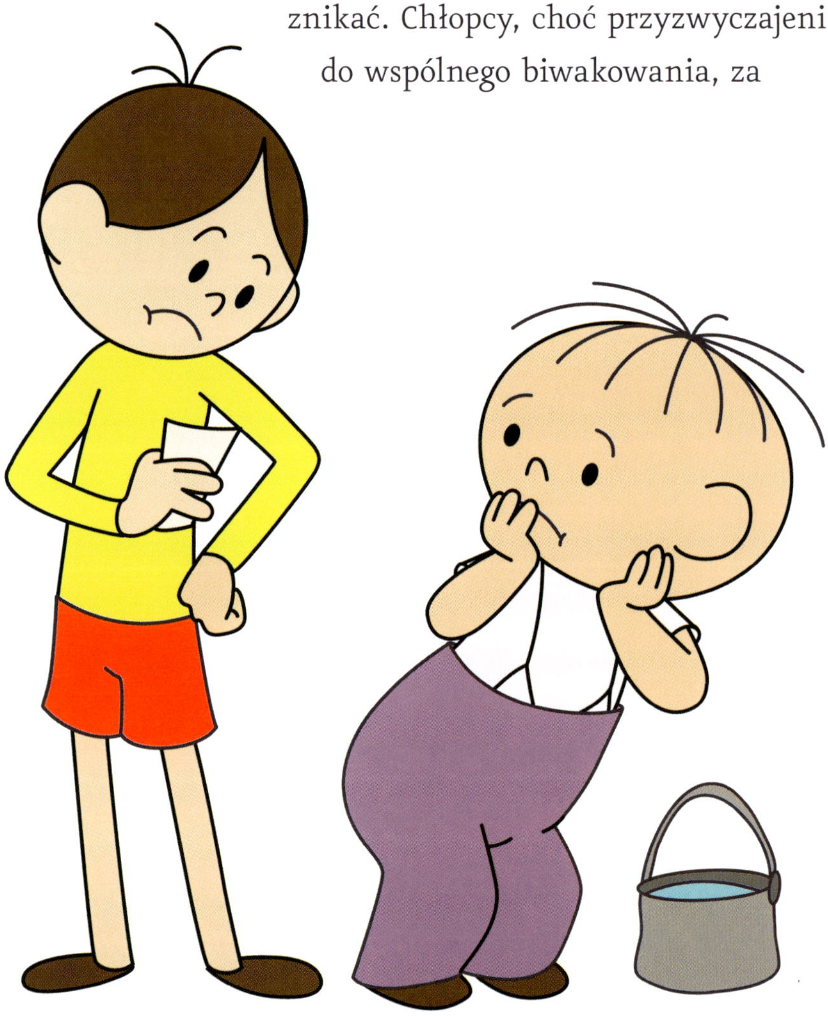

każdym razem złościli się, że znów udało im się wymknąć. Obiecywali sobie czujność, bo nie bez powodu dorośli to robili. Była to słynna próba Wujka Edwarda. Próba męstwa, odwagi i zdrowego rozsądku.

– Chodźmy do namiotu, bo znając Wujka, może być niebezpiecznie – zauważył Lolek.

Bolek mruknął coś pod nosem i wyrwał do przodu, łapiąc maszt podtrzymujący kopułę namiotu. Płócienny dom zachwiał się niebezpiecznie i już by runął, gdyby nie młodszy brat, który chwycił go w ostatniej chwili i uratował przed upadkiem. Wczołgali się do śpiworów, a potem Lolek wyjął latarkę.

– Co robisz? – spytał szeptem Bolek. – Jeszcze ktoś nas zauważy.

– I tak nas widać, bo namiot jest dość duży, nie

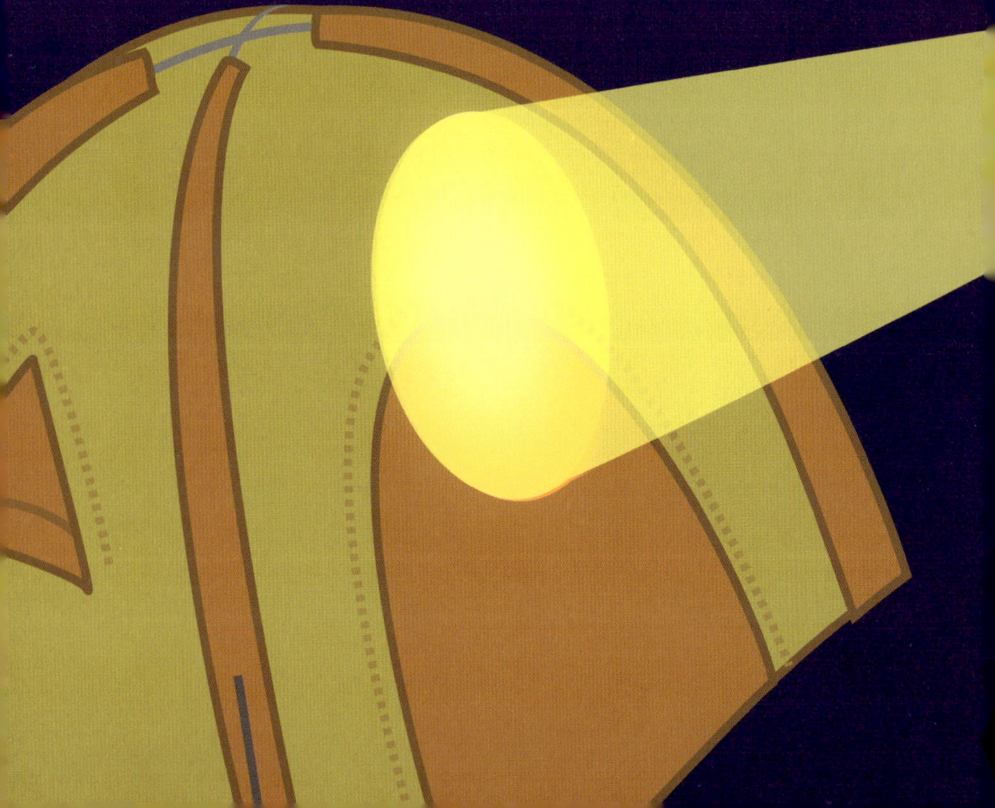

sądzisz? – zdenerwował się chłopiec – chcę obejrzeć ich namiot. Może zamontowali jakieś pułapki.

Lolek wysunął dłoń z latarką na zewnątrz i oświetlił płótno namiotu. Namiot Taty i Wujka wyglądał jak duch polany: ciemny, rozświetlany jedynie blaskiem latarki, której promień wędrował po ścianach, ślizgając się i znikając, aby znów powrócić i rozpocząć swoją drogę po płótnie.

– I co? – dopytywał się Bolek.

– I nic – odparł Lolek. – Nic nie widzę.

Po chwili światło zgasło i zapadła kompletna ciemność. Księżyc schował się za chmurami i nastała złowroga cisza. Bolek wysunął głowę ze

śpiwora i obejrzał się za siebie, ale nic nie zobaczył. I wtedy dobiegł ich jakiś szelest. W jaskini, przy której został rozbity namiot, coś się przesunęło.

– Lolek, czy ty to słyszysz? – wyszeptał, łapiąc brata kurczowo za rękę.

– Słyszę mojego braciszka, który ma pietra i ciągle coś wymyśla – burknął Lolek, który właśnie zaczął zasypiać.

– Ja nie wymyślam – syknął Bolek. – Tam coś się czai!

Lolek ziewnął i wysunął głowę z namiotu. I nagle zamarł z przerażenia. W jaskini coś świeciło. Cokolwiek to było, nie miało prawa się tam znajdować. Przecież Wujek dokładnie sprawdził, czy ktoś lub coś tam nie mieszka. Po chwili z namiotu wyjrzała druga głowa.

– Oczy, widzę oczy – odezwał się zduszonym głosem Bolek.

– Nie po to Wujek robi z nas prawdziwych harcerzy, żebyśmy w takiej sytuacji nie wykazali się męstwem. Idziemy sprawdzić, kto się tam czai – oznajmił niespodziewanie Bolek.

– Nigdy w życiu – pisnął Lolek. – Sam sobie sprawdzaj.

– Nie bądź takim tchórzem, co z ciebie za harcerz! – zdenerwował się brat. – Jak nie pójdziesz, to powiem Tacie, albo lepiej Wujkowi, że dygotałeś ze strachu.

Tego Lolek nie mógł ścierpieć, więc ruszył za bratem w stronę jaskini, powtarzając sobie w duchu, że nie chce, aby był to niedźwiedź albo wilk albo...

– Stój! – syknął Bolek – To coś się ruszyło! I jest tego więcej.

Teraz już widzieli dwie pary oczu i tak naprawdę mieli ochotę uciec, gdzie pieprz rośnie.

– A może niedźwiedzie wróciły – jęknął Bolek. – I nas zjedzą.

– Przestań mnie straszyć – zdenerwował się wreszcie Lolek. – Może ten ktoś boi się bardziej niż my.

– Czołgamy się! – rzucił z determinacją Bolek i pierwszy padł na kolana.

Po chwili obaj pełzli wśród traw, rozglądając się na wszystkie strony. Światełka w jaskini nie znikały.

– Cieszę się, że cię znałem – zażartował ponuro Lolek. – Proszę, przekaż Mamie, że jej zupa pomidorowa jest najlepsza.

– A ty Tacie, że nikt tak nie czyta bajek jak on – poprosił Bolek.
Zerwali się z kolan i wpadli jak burza do jaskini. I wtedy rozległ się ryk.
– Ratunku!!! Pomocy!!! – wołali jeden przez drugiego i nie wiadomo było, kto się bardziej wystraszył, Bolek czy Lolek.
– Co to jest! Kto to jest! – krzyczeli jeszcze i wtedy spostrzegli, że jaskinia ma wyjście z drugiej strony.

Księżyc, który wyszedł zza chmur, oświetlił dwie znajome postaci. Byli to Wujek Edward i Tata.

Trzęśli się ze śmiechu, trzymając za brzuchy.

– A nie mówiłem? – krztusił się ze śmiechu Tata. – Powiedziałem, że się odważą i przyjdą sprawdzić.

– A ja sądziłem, że zostaną w namiocie – powiedział Wujek Edward. – Odważnych masz chłopców, to muszę ci przyznać.

Bolek i Lolek wpatrywali się w nich okrągłymi ze zdumienia oczami. I znów dali się podejść.

– Za każdym razem to samo – jęknął Bolek. – Dlaczego nie możemy ich przechytrzyć i odgadnąć, co się stanie?

Wujek spojrzał na małych chłopców i przestał się śmiać.

– Dostajecie odznakę Pogromców Niedźwiedzi – oznajmił uroczyście. – Niewiele jest takich odznak, a jeśli już ktoś ją ma, to naprawdę na nią zasłużył.

– Naprawdę? – na twarzy Bolka ukazał się uśmiech. – A kto jeszcze ją ma?

– Tylko Tata i ja – odparł Wujek. – I nadał nam ją wasz Dziadek wiele lat temu na tej samej polanie.

Tata nie wiadomo dlaczego zaczął się śmiać, a potem zrobiło się całkiem przyjemnie, bo Wujek opowiadał do rana przygody z dzieciństwa. Po powrocie chłopcy nikomu nie przyznali się do strachu. Prawdziwi harcerze są przecież nieustraszeni jak Żelazny Edward.

Anna Onichimowska

Detektywi

Pewnego dnia Bolek zerwał się z łóżka dużo wcześniej, niż miał w zwyczaju. Słońce zaglądało już przez okno, był upalny lipcowy poranek.

Lolek przykrył głowę poduszką. Śniło mu się właśnie, że jest kierowcą Formuły 1. Mknął jak rakieta swoim ferrari, jeszcze jedno okrążenie i zwycięży.

– Hej, wstawaj, mam pomysł! – Bolek wyrwał mu poduszkę.

– Przez ciebie nie wygrałem wyścigu i góry kasy. – Zaspany Lolek spojrzał na brata z niechęcią.

– Myślałem, że też chcesz zostać detektywem. – Bolek odwrócił się na pięcie i wyszedł z pokoju.

Najpierw sprawdził, czy nic podejrzanego nie zdarzyło się w ogródku. Na trawniku wyskoczyły dwa nowe kopce. Sprawca był oczywisty, ta zagadka była za łatwa, nawet dla początkującego detektywa.

– Jestem... – wysapał Lolek, stając obok. W każdym ręku ściskał rogalik.

– Dziękuję – ucieszył się Bolek.

– Kogo będziemy śledzić? – spytał Lolek.

– Podejrzanego oczywiście – odpowiedział Bolek z wyższością i wyszli na ulicę.

Przez pięć minut nic ciekawego się nie działo, aż zobaczyli biegnącą w ich kierunku panią.

– Zuzia! Zuźka! – nawoływała, rozglądając się dookoła.

– Porwanie… – szepnął Bolek z przejęciem. – Idziemy! – pociągnął brata za sobą.

– Zginęła pani córka? – spytał.

Zdenerwowana pani popatrzyła na nich lekko nieprzytomnym wzrokiem.

– Nie, suczka. Nie widzieliście czasem? Podobna do ratlerka, tylko biała. Z czarnym uszkiem. Zuźka.

– Nie widzieliśmy – przyznał Bolek – ale możemy poszukać.

– Tym się dzisiaj zajmujemy – dodał Lolek. – Śledzeniem i szukaniem.

Pani wciąż rozglądała się dookoła, nic w ich pobliżu nie biegało, prócz łaciatego kota.

– To dobrze – powiedziała z roztargnieniem i wręczyła im zadrukowany kartonik. – Na wizytówce jest mój telefon. I adres. Gdybyście ją znaleźli…

– Jasne. – Bolek pokiwał głową z powagą.

– Ma obróżkę i smycz – dodała pani. – Nie wiem, jak mogła się urwać. Zawsze ją przywiązuję!

– Może ktoś ją ukradł? – spytał z nadzieją Lolek. Już widział, jak odbierają suczkę przestępcy. Właściwie samego momentu nie umiał sobie dokładnie wyobrazić, raczej późniejsze zdjęcie w gazetach przedstawiające ich i zakutego w kajdanki amatora białych piesków.

– Też mi to przeszło przez myśl, ale ona nie jest rasowa.

„Złodziej nie musiał o tym wiedzieć", pomyślał Bolek. Spojrzenia braci skrzyżowały się.

– A skąd się urwała? – spytał jeszcze przytomnie, zanim pani zdążyła się oddalić.

Pani machnęła ręką w stronę skwerku.

– Tam, po drugiej stronie, sklep Złoty Róg, znacie?

Złoty Róg wyglądał dokładnie tak jak zwykle. Przed nim siedział, przywiązany na smyczce, czarny pudel.

– To nie ten. – Pokręcił głową Lolek.

– Brawo, detektywie. – Roześmiał się Bolek.

Pani kasjerka bardzo się zdziwiła, kiedy spytali o pieska.

– Siedzę przy kasie, nic nie wiem. Wszyscy go dzisiaj szukają!

Próbowali się dowiedzieć, jacy „wszyscy", ale zrobiła się kolejka, więc wyszli. Od razu zauważyli

utkwione w siebie spojrzenie pana
z kiosku „Ruchu".
– On musiał coś widzieć – szepnął Bolek
i zamachał do pana przyjaźnie, a kiedy tamten nie zareagował, spytał jak najgłośniej: – Proszę pana, widział pan tu białego pieska?
– Nie! – odpowiedział stanowczo pan. – Ale
czasami coś czytam. I jak się zaczytam, to niczego nie widzę, nawet klientów.

Chłopcy spytali jeszcze parę osób, jednak nikt nie umiał im pomóc. Było coraz bardziej gorąco.

– Chodź na lody – zaproponował Lolek, wyjmując z kieszeni dwie szklane kulki, ogryzek jabłka, pół gumy do żucia, wizytówkę pani od pieska i pięć złotych.

– Mało... – sapnął Bolek, wywracając swoje do góry nogami. Wypadły mu baterie, zwój drutu, trzydzieści groszy i komórka.

– Zobacz! – ucieszył się Lolek, pomagając zbierać

wszystko z chodnika. Między płytami błysnęły dwa złote. Pochuchał. – Na szczęście!

Najlepsze lody były w budce z żółtym daszkiem. Bolek kupił truskawkowe, a Lolek czekoladowe. Przysiedli na ławce i wtedy usłyszeli skomlenie.

Był
przywiązany
do drzewa.
Nieduży, biały,
z podwiniętym
ogonkiem.

– Mamy go! – ucieszył się Lolek.

– Nie jest podobny do ratlerka. Nie siedzi pod Złotym Rogiem. I nie ma czarnego uszka – zaprotestował Bolek. – Nic się nie zgadza.

– Zuźka? – spytał Lolek i piesek zaszczekał. – Przyznaje się – oznajmił i odwiązał smyczkę. – Dzwoń! – podał bratu kartonik.

Bolek popatrzył na komórkę.

– Rozładowana. – Wzruszył ramionami. – Ale to blisko. Możemy sami go odprowadzić. Chociaż moim zdaniem, to nie on.

– Lepszy taki niż żaden! – zdenerwował się Lolek.

Zuźka trochę się zapierała, zanim ją namówili, aby jednak z nimi poszła. Być może pomógł w negocjacjach wafelek od lodów, który podsunął jej Bolek.

– Myślisz,
że dostaniemy
nagrodę? – spytał, kiedy
stali już przed blokiem,
gdzie mieszkała pani.
– Należy nam się –
odpowiedział
Lolek,
ściągając
windę.

Ledwie podeszli do drzwi, z drugiej strony rozległ się piskliwy jazgot. Popatrzyli po sobie niepewnie.
– Pewnie ma dwa psy. Albo więcej – wydedukował Bolek.

Zanim zdążyli zadzwonić, wyrosła przed nimi znajoma pani. Obok niej podskakiwała mała suczka z czarnym uchem.

– Och, to wy! – Pani uśmiechnęła się. – Też macie pieska! Jak się wabi?

Biały... – wymyślił Lolek, a ten zamerdał ogonem.

– Wyobraźcie sobie, przywiązałam Zuźkę pod innym sklepem. Przypomniało mi się dopiero w domu. Wszystko przez ten upał. Biedne maleństwo. – Poklepała ją po grzbiecie.

– To my już pójdziemy – wyjąkał Bolek.

Zbiegli z szóstego piętra, ciągnąc za sobą pieska. Bez słowa ruszyli w stronę ławki, na której jedli lody, ale po chwili zatrzymali się, jak na komendę.

– Nie możemy go znów przywiązać i zostawić, jakby nigdy nic – powiedział Bolek.

– Burczy mi w brzuchu... – poskarżył się Lolek.

– Zawsze ci burczy. – Bolek zrobił kwaśną minę.

– Szkoda, że nie mamy więcej kasy. – Lolek rozglądał się uważnie, czy znów czegoś nie znajdzie, ale na świeżo zamiecionym chodniku nie było nawet śmieci. – Chodźmy do domu. Nie umiem myśleć z pustym żołądkiem.

Biały dostał pajdę chleba ze smalcem, którą natychmiast zakopał pod różanym krzakiem, a potem próbował dobrać się do kretów. Widać było, że podoba mu się u nich w ogródku.

– Mógłby tu właściwie zostać – pomyślał głośno Lolek.

– Mógłby, ale nie jest nasz. Musimy ustalić właściciela.

– Jutro nie bawię się w detektywa – jęknął Lolek. – To bardzo męczące.

Wzięli Białego na smycz i poszli z nim na spacer.
– Jak na czyjś widok wyjątkowo się ucieszy, to go mamy... – powiedział Bolek.
– A jak nie? – Lolek miał wątpliwości, ale brat nie odpowiedział.

Przeszli znów obok Złotego Rogu, pod którym siedział teraz buldog, i już mieli skręcić, kiedy z kiosku „Ruchu" wychylił się znajomy sprzedawca.

– Chłopaki!

Spojrzeli ciekawie.

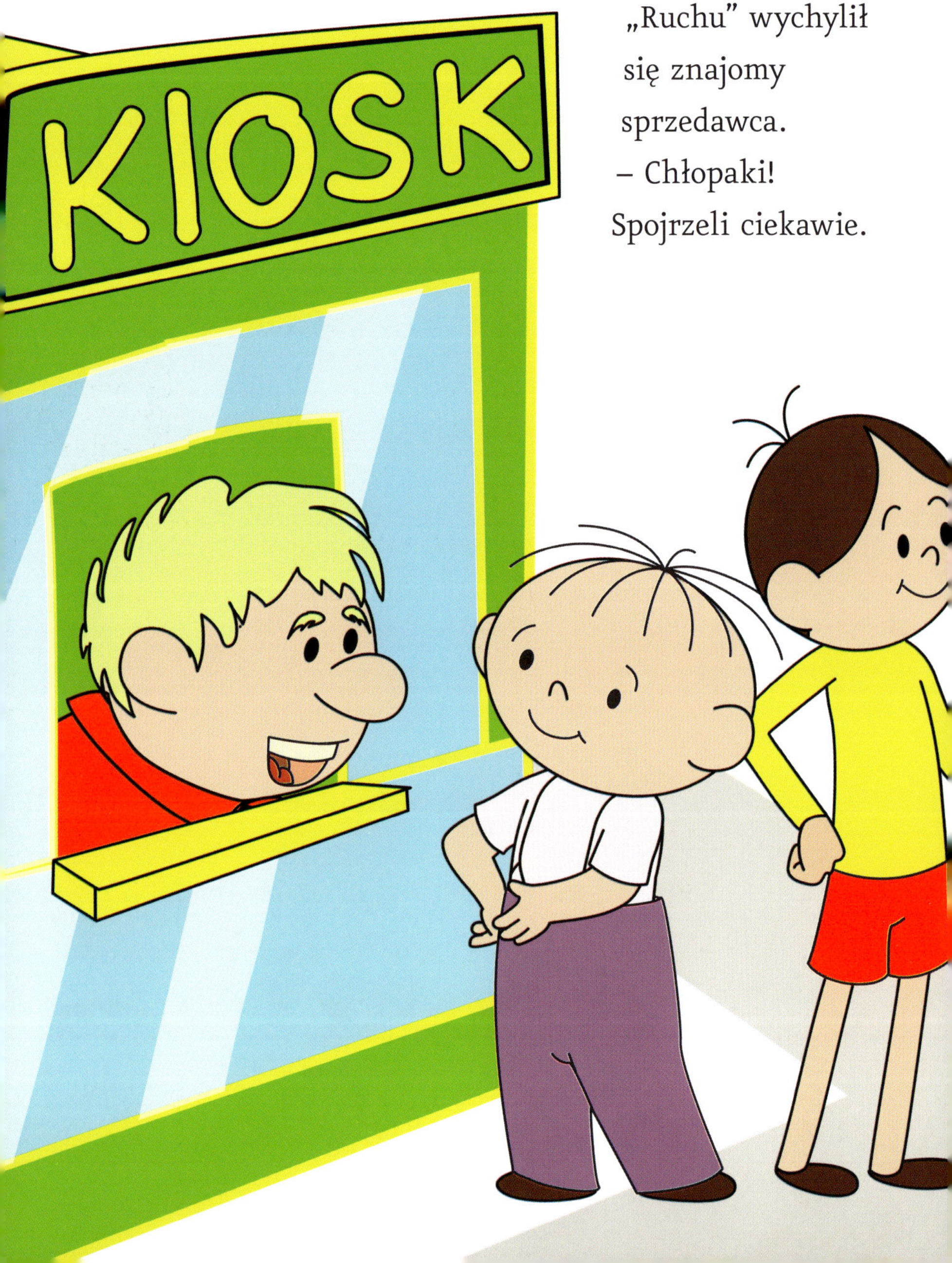

– Gdzie go znaleźliście?

– Tam… – Lolek machnął w stronę budki z lodami.

– Bo szuka go też jakaś pani. Przed chwilą tu była. Zwariowany dzień – mruknął.

– A jak wyglądała? Ta pani? – ożywił się Bolek.

Pan kioskarz otarł pot z czoła.

– Normalnie – odsapnął. – Nie przyglądałem się. Jestem żonaty.

– Biały!!! – usłyszeli wołanie.

Piesek szarpnął się, popiskując radośnie.

– Właśnie tak! – ucieszył się sprzedawca.

Po chwili ucieszyła się również pani, piesek, no i Bolek z Lolkiem. Lolek podwójnie, ponieważ zgadł jego imię.

– Nie mam pojęcia, jak on mógł się urwać! – dziwiła się pani. – Gdzie go znaleźliście?

– Tam... – Tym razem machnął ręką sprzedawca.

– Strasznie gorąco... – jęknęła pani. – Dacie się w nagrodę zaprosić na lody?

Przenosiła wzrok
z Bolka na Lolka
i z powrotem.
Przytaknęli
entuzjastycznie. Tym
razem Bolek zjadł
czekoladowe, a Lolek
truskawkowe. Duże porcje.

Ewa Karwan-Jastrzębska

Lustro

W sypialni rodziców pojawiło się nowe lustro. Przyjechało prosto ze sklepu ze starociami. Wypatrzyła je Mama, która bardzo lubiła antyki. Lustro miało ciężką rzeźbioną ramę, matowe szkło i niewiele było w nim widać.

– Nie rozumiem, dlaczego dorośli wyszukują w sklepach ze starociami tak dziwne rzeczy – zwierzył się bratu Lolek. – Zamiast tego można było kupić mnóstwo gum do żucia. No sam zobacz! Nawet nie da się w nim porządnie przejrzeć. Chyba nikt go nie czyścił od stu lat.

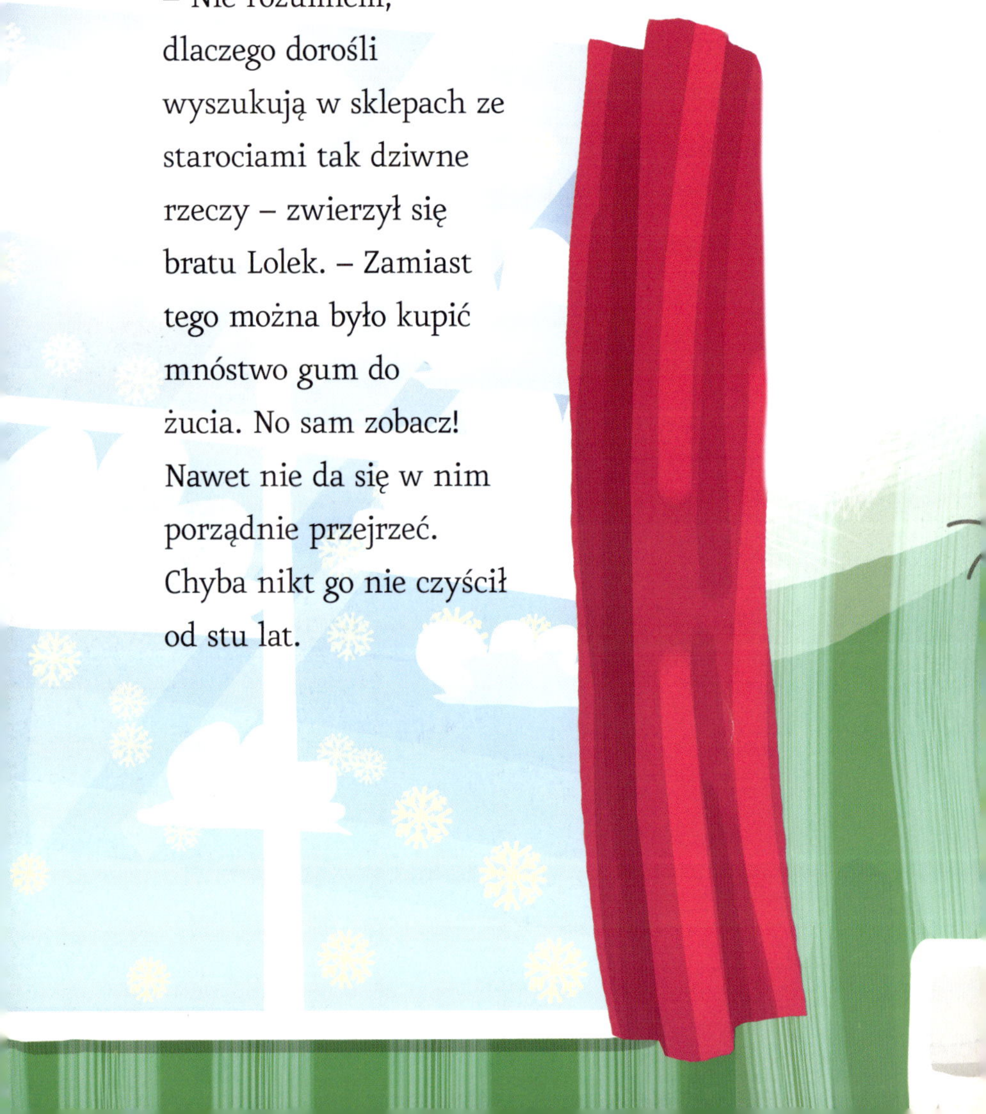

Lustro zajęło cały kąt przy oknie i każdy, kto wchodził do pokoju, mógł podziwiać swoją sylwetkę widoczną w mglistej aureoli światła. Chłopcy przez cały dzień przeglądali się w lustrze, strojąc miny, i jednogłośnie uznali, że to jednak świetna zabawa. Za oknem zrobiło się biało, bo spadł pierwszy śnieg, ale nawet tego nie zauważyli, tak bardzo przejęci byli nowym nabytkiem Mamy.

Wieczorem Bolek przemykał przez przedpokój do łazienki, gdy naraz usłyszał jakiś szelest.

Obejrzał się przez ramię, lecz nic nie zobaczył. Drzwi od sypialni rodziców były uchylone, więc odruchowo zajrzał do środka. W pokoju nikogo nie było, bo Mama i Tata wyszli do teatru. Na toaletce stała lampka. Ciepłe światło wydobywało z mroku zamglone lustro. Bolek zawahał się i zatrzymał w progu. Nie był pewien, czy chce wejść do środka. Ciekawość jednak zwyciężyła i pchnął mocniej drzwi. Przeraźliwe skrzypienie sprawiło, że poczuł nagły niepokój. Szelest powtórzył się i teraz naprawdę się przestraszył.

– Lolek... – zawołał młodszego brata. – Słyszałeś coś?

– No ciebie słyszę – krzyknął chłopiec. – Przecież nikogo oprócz Cioci nie ma w domu, a ona zasnęła w fotelu.

Ciocia miała tak mocny sen, że gdy zamierzała sobie pospać, to jak twierdził Wujek, nawet wystrzał armatni nie był w stanie jej obudzić. Bolek i Lolek lubili, gdy Ciocia przychodziła wieczorem, aby z nimi posiedzieć pod nieobecność rodziców. Najpierw opowiadała straszne historie, a potem zawsze zasypiała w fotelu, a oni hulali wtedy, ile tylko dusza zapragnie.

– Nic, coś mi się wydawało... – odpowiedział niepewnie Bolek. – Zresztą nieważne, idę do łazienki.

Obejrzał się jeszcze przez ramię, robiąc śmieszną minę do lustra. I wtedy go zobaczył. Po drugiej stronie nie było jego odbicia. W miejscu gdzie powinno być, stał chłopiec. Zupełnie obcy chłopiec w surducie i koszuli z koronkowymi mankietami. Był tak blady, że w pierwszej chwili Bolek miał nadzieję, że jest złudzeniem, a on sam śni. Ale chłopiec pomachał do niego ręką.

– Ratunku! – wrzasnął Bolek i ruszył biegiem w stronę otwartych drzwi.

Lolek wypadł z pokoju i złapał go za ramiona. Miał już na sobie piżamę w dinozaury i właśnie wchodził do łóżka, kiedy usłyszał krzyk. Starszy brat był biały jak kartka papieru.

– Hej, to ja! – szepnął mu do ucha. – Już wszystko dobrze. Co się dzieje?

– Tam w lustrze ktoś jest! – wykrztusił Bolek. – Jakiś dziwny chłopiec.

– Zaraz pójdziemy i sprawdzimy, kto to może być. Nie denerwuj się, braciszku. – Lolek poklepał go po plecach.

Zawsze gdy Ciocia opowiadała te straszne historie, Bolek umierał potem ze strachu. Tata prosił, aby tego nie robiła, ale Ciocia była nieugięta. Uważała, że chłopcy powinni się hartować. Ponad wszystko ceniła odwagę.

Gdy weszli razem do sypialni, w lustrze nikogo nie było. Widać było odbicie chłopca w piżamie w dinozaury i większego w swetrze i spodniach.

– No widzisz? – Lolek uśmiechnął się do brata. – Nikogo tam nie ma oprócz nas.

Gdy tylko wypowiedział te słowa, w lustrze pojawił się obraz. W głębi majaczył pokój, ale nie była to sypialnia rodziców, tylko jadalnia w dziwnym starym domu. I wisiało w niej lustro. Naprzeciwko stali teraz dwaj chłopcy i wpatrywali się w Bolka i Lolka. Jeden z nich trzymał przed sobą świecę. Obaj mieli na sobie staroświeckie ubrania.

– A nie mówiłem? – wyszeptał Bolek. – I co teraz?

Lolek poczuł, że włosy jeżą mu się na głowie. Nie był w stanie wykrztusić słowa. Chłopcy spoglądali na nich smutno, a mniejszy uniósł rękę i nieśmiało pomachał. Bolek odruchowo powtórzył ten gest.

I nagle Lolek poczuł we włosach zimny powiew.

– Hej! Czy ktoś otworzył okno? – spytał, rozglądając się uważnie.
Okno było zamknięte, ale i sam pokój wyglądał zupełnie inaczej. Gdy chłopiec spojrzał w stronę łóżka rodziców, zobaczył zamiast kapy obrus, a zamiast materaca dębowy stół, nakryty do kolacji.

Odwrócił wzrok i napotkał pełne paniki spojrzenie starszego brata. Nie byli już w sypialni rodziców. To była jadalnia, którą wcześniej widzieli w lustrze. Ktoś dotknął jego ramienia i rozległ się świergot ptaków. Dopiero teraz zauważyli, że jest dzień. A w lustrzanym pokoju przez szeroko otwarte okno widać było zielone drzewo.

– Gdzie my jesteśmy? – zawołał Bolek. – Lolek, to przecież niemożliwe, to nie nasz dom! I tu jest lato, a u nas zima.

– Oni mówią to samo, co inni – odezwał się mniejszy chłopiec z lustra. – Nie wierzą w nas, braciszku, no i znów mamy problem…

– Daj spokój, wyglądają na mądrych, nie tak jak ci ostatni. Prawie zniszczyli drzwi.
– Kto wam zniszczył drzwi? – zainteresował się wbrew swojej woli Bolek. – To nieładnie.
– Mówiłem?!! – Chłopiec w surducie podskakiwał teraz z radości. – Mówiłem, że są najwłaściwsi z najwłaściwszych?

Chłopcy z lustra uśmiechnęli się szeroko i zaczęli jednocześnie mówić:

– Drzwi to lustro, tylko tak się można do nas dostać. Ktoś w nie kopnął i o mały włos by się stłukło, a wtedy zostalibyśmy na zawsze w tym pokoju.

– A dlaczego musicie tu siedzieć? – zdziwił się Bolek. – Przecież tam są drzwi, no i jeszcze okno... – spojrzał w stronę widocznego w prostokącie ramy drzewa. – Zawsze możecie zejść po pniu i gałęziach na dół.

– To nie jest takie proste. My nie możemy, możecie wy – oznajmił

uroczyście starszy z chłopców. – Może to zrobić zwykły śmiertelnik. Ale nie radzę teraz tego robić, bo to niebezpieczne.

– A wy kim jesteście… – w głosie Lolka dało się wyczuć pewne wahanie.

– Nie jesteśmy duchami! Nie bójcie się! – poprosił młodszy z chłopców. – Jesteśmy pisarczykami Wielkiego Książnika.

– Pisarczykami…? – Bolek pokręcił głową. – Nigdy o czymś takim nie słyszałem…

Lolek rozglądał się po pokoju w poszukiwaniu jakichś rzeczy, które pozwoliłyby mu zorientować się, gdzie tak naprawdę są. Drzwi wyglądały na nie otwierane od wieków, bo pokrywała je gruba warstwa kurzu. Klamka nie nosiła śladów dotykania. W kącie stała skrzynia wypełniona po brzegi papierami. Korzystając z nieuwagi chłopców, Lolek przekradł się w jej stronę i zajrzał do środka. Pierwsze, co rzuciło mu się w oczy, to pięknie wykaligrafowana strona z inicjałem. Wielka litera „P" wyginała się wdzięcznie pod ciężarem winogron.

– Przepraszam, a co to jest? – spytał z ciekawością, sięgając po kartę.

– Nie ruszaj! – krzyknął starszy z chłopców. – Nie możesz tego czytać, bo pojawi się Wielki Książnik. On jest bardzo czujny, nic nie umknie jego uwadze.

Lolek cofnął dłoń, ale zdążył odczytać pierwsze zdanie i to sprawiło, że zrobiło mu się naprawdę zimno. I to wcale nie dlatego, że miał na sobie jedynie piżamę w dinozaury.

Zdanie brzmiało tak: „Pewnego dnia do Krainy Luster przybędzie dwóch braci. Będą nosić imiona Bolek i Lolek. Staną się następcami...”. Więcej nie udało mu się przeczytać, ale było to wystarczająco dużo, aby zrozumieć, że nie są tu przypadkiem i kryje się w tym jakaś tajemnica.

– Proponuję, żebyście jednak powiedzieli nam prawdę – oznajmił poważnym tonem. – Co to za kartki i co zostało na nich napisane?

– To Kronika Krainy Luster. Składa się z samych przepowiedni, które nigdy się nie spełniły.

– To smutne... – zmartwił się Bolek. – Nie macie swojej historii, to tak jakbyście nigdy nie istnieli...

Chłopcy spojrzeli po sobie i pokiwali głowami.

– To oni, nie mam wątpliwości – powiedział starszy z nich.

Lolek pociągnął brata za rękę w stronę okna. Wychylił się i wyjrzał, aby zobaczyć resztę ogrodu. Liście zaszeleściły jak kartki. Dotknął dłonią pnia i poczuł pod palcami papier. I wtedy zrozumiał, gdzie są. Była to cudza opowieść uwięziona w lustrze. I ktoś ją musiał snuć, żeby mogła istnieć, a chłopcy chcieli im ją oddać, aby stąd uciec.

– Powiedzcie mi, proszę – odezwał się półgłosem Lolek, przytulając mocniej brata – ten Wielki Książnik nie chce was stąd wypuścić?

– Skąd wiesz? – zdziwił się młodszy.

– Bądź cicho! – krzyknął starszy z chłopców i zaczął skubać nerwowo koronki mankietów.

– A jest jakiś sposób oprócz znalezienia kogoś na swoje miejsce? – wyszeptał Lolek, ledwie poruszając ustami.

W oczach starszego chłopca pojawiło się zrozumienie. Podszedł bliżej i nachylił się nad braćmi. Teraz dopiero Lolek odkrył, że ten dziwny młodzieniec w surducie jest znacznie od niego wyższy.

– Trzeba dopisać historię, ale my tego nie możemy zrobić. Ja mam na imię Albert, a mój brat Norbert – wyszeptał najciszej jak potrafił.
Lolek bez słowa sięgnął po papier. Potem przysunął sobie krzesło do stołu, sięgnął po gęsie pióro i zanurzył je w kałamarzu. Pomyślał przez chwilę, przyjrzał się braciom, a potem zaczął pisać: „Długo siedzieli w Lustrzanym Pokoju. Pisali kroniki, strona za stroną, aż rozbolały ich

oczy. Młodszy z chłopców, Norbert, miał palce granatowe od atramentu, który nigdy się nie kończył. Ilekroć zanurzali pióro w kałamarzu, napełniał się on na nowo. Pewnego dnia otworzyło się okno i wleciał ptak. Trzymał w dziobie klucz…”.

W tym momencie rozległ się łopot skrzydeł i do pokoju wleciał orzeł, ze starym zardzewiałym kluczem. A Lolek pisał dalej: „Położył go na otwartej dłoni Alberta i na pożegnanie dotknął go skrzydłem. Wielki Książnik głęboko spał, nie wiedząc, że jego historia dobiega końca. Albert podszedł do drzwi i włożył klucz do zamka”.

Starszy z chłopców stał już z kluczem w pogotowiu, bo stał się opowiadaną historią i teraz już nie musiał zaglądać Lolkowi przez ramię, aby odkryć swój los.

„Bolek i Lolek podeszli do lustra i oparli na nim dłonie… – pisał Lolek, unosząc ze sobą kartkę – i w tej samej chwili lustro otworzyło się na ich świat, a drzwi na świat Alberta i Norberta. I wszyscy chłopcy wrócili do domu”.

Gdy Lolek postawił kropkę kończącą ostatnie zdanie, pokój zniknął, a on i brat znaleźli się w sypialni rodziców. Otwarte okno stuknęło we framugę, budząc ich z dziwnego stanu. W lustrze widać było leżącą na podłodze kartkę.

– Lolku, jak ty to zrobiłeś? – spytał z podziwem Bolek. – Skąd wiedziałeś?

Lolek obejrzał się przez ramię, ale podłoga była pusta. Kartka znajdowała się po drugiej stronie lustra.

– Opowieść została w środku, zobacz, Bolku, obraz powoli znika...

Pokój rozmywał się na ich oczach, ustępując miejsca odbiciu sypialni rodziców.

– No mów, jak to zrobiłeś!? Czy oni wrócili do domu?

– Na pewno wrócili. – Lolek uśmiechnął się i zapatrzył w lustro, salutując swojemu odbiciu, które odpowiedziało mu tym samym. – Są historie, które mają szczęśliwe zakończenia. Wystarczy je tylko dopisać.

Gdy rodzice wrócili z teatru, zastali chłopców w łóżkach. Spali głęboko, zakryci po samą szyję. Obok leżały puste kartki papieru, czekając na nowe historie.

Jerzy Illg

Miłość wymaga poświęceń

Z nadejściem wiosny Bolek i Lolek zaczęli odczuwać, że dzieje się z nimi coś dziwnego. Dni były coraz cieplejsze, słońce przygrzewało mocniej, ptaki koncertowały już od świtu, a koty miauczały wieczorami głośniej niż zazwyczaj. Chłopców wypełniała radość życia, niejasne pragnienia nie pozwalały skupić się na odrabianiu zadań – zresztą zbliżało się zakończenie

roku szkolnego i coraz więcej myśli pochłaniały wakacje. Trzeba było jeszcze doczekać się rozdania świadectw – zaraz potem rodzice obiecali zabrać ich nad morze.

W czasie ostatnich tygodni nauki lekcje dłużyły się nieznośnie.

Siedząc w ławce za Ewą i Zuzią, przyłapywali się na tym, że od jakiegoś czasu coraz częściej przyglądają się rudym warkoczom Zuzi. Na przerwach starali się podbijać piłkę w pobliżu tego kąta boiska, gdzie dziewczynki bawiły się

skakanką albo grały w dwa ognie. Ukradkiem przyglądali się piegom na nosie Zuzi, ale odwracali wzrok, gdy mijając ich na korytarzu, uśmiechała się do któregoś z nich promiennie.

Któregoś popołudnia obejrzeli w telewizji film o rycerzach Białej i Czerwonej Róży. W czasie turnieju rywalizowali oni o względy księżniczki, która przyglądała się z okna na wieży walce na miecze i konnym pojedynkom na kopie. Potem zawiązała na wysoko uniesionej kopii zwycięzcy chusteczkę na znak, że on jest wybrańcem jej serca.

– Słuchaj, a może ty się po prostu zakochałeś w Zuzi? – wypalił nazajutrz w drodze ze szkoły Bolek. – Przyznaj się, że ona ci się podoba.

– Chyba zwariowałeś – zaczerwienił się Lolek. – To ty nie możesz od niej oderwać oczu.

– Nieprawda, mam w nosie dziewczyny. Nie potrafią grać w piłkę ani strzelać z procy. Chociaż Zuzia w grze w dwa ognie jest lepsza od niejednego chłopaka.

– A widzisz – triumfował Lolek. – Jednak wpadła ci w oko. – To dlatego pani wpisała ci wczoraj do dzienniczka uwagę, że nie uważasz na lekcji, bo gapiłeś się na te jej rude włosy.
– No dobra – skapitulował Bolek – rzeczywiście Zuzia wydaje mi się inna niż te wszystkie baby z naszej klasy.
– Szczerość za szczerość. Muszę ci się przyznać, że ja też czuję się dziwnie, kiedy ona na mnie patrzy.

– No to mamy pecha. Akurat musiała nam się spodobać ta sama dziewczyna. I co teraz zrobimy?

– Nie mam pojęcia. – Lolek był wyraźnie strapiony. – Nie będziemy się przecież o nią pojedynkować. Jak jej w ogóle dać do zrozumienia, że ona się nam podoba? Potrafisz jej to powiedzieć?

– Mowy nie ma. Podsuwanie jej kartki też nie ma sensu – bo co napiszemy?

– Nie mam pojęcia. Ja też nigdy bym się na to nie zdobył. Jeśli ciągnęlibyśmy ją za warkocze jak

ci idioci z drugiej „b”, mogłaby się nie domyślić, co czujemy.

Bolek podrapał się w głowę. – Przede wszystkim jednak ona musi któregoś z nas wybrać. Przecież nie będziemy spotykać się we trójkę. A może ten twój pomysł z pojedynkiem nie jest taki głupi?

– Co masz na myśli? – zapytał zaintrygowany Lolek.

– Może powinniśmy stoczyć o nią walkę na niby – uśmiechnął się chytrze Bolek. – To powinno zrobić na niej wrażenie.

– Chcesz mnie nabrać. Myślisz, że ze mną wygrasz i ona wybierze zwycięzcę.

– A może właśnie zwycięży w niej współczucie dla pokonanego? Zdajmy się na los szczęścia. – Dobrze – zgodził się Lolek. – To jak to rozegramy? –

– Weźmiemy z domu ten wielki nóż kuchenny i szminkę Mamy. Wysmaruję się nią i położę się na podwórku Zuzi obok piaskownicy z nożem pod pachą – z jej okna będzie to wyglądało, jakbym miał ten nóż wbity w serce. Jeżeli to nie zrobi na niej wrażenia, to będzie znaczyło, że ma serce jak głaz.

Ten brawurowy plan tak podziałał na wyobraźnię Lolka, że nie zorientował się, iż uwaga Zuzi nieuchronnie skupi się w tej sytuacji na Bolku – to on, ranny albo zabity z miłości dla niej, zawładnie jej uczuciem. Udało im się niepostrzeżenie wynieść z domu nóż do

krojenia chleba, szminkę Mamy i na wszelki wypadek jeszcze słoik keczupu. W pobliżu piaskownicy na wielkim podwórzu Zuzi odegrali hałaśliwą scenę zazdrości i stoczyli zażartą walkę, po czym Lolek schował się za rogiem budynku, a Bolek padł „zakrwawiony", z wielką rękojeścią noża sterczącą mu pionowo spod pachy pochlapanej keczupem koszulki.

Głośna awantura zwróciła uwagę nie tej osoby, co trzeba. Hałas wywabił z klatki schodowej dozorczynię, która zobaczywszy leżącą na podwórzu ofiarę, narobiła

potwornego wrzasku, po czym sama zemdlona osunęła się na ziemię. Rycerze rzucili się gwałtownie do odwrotu. „Zabity" Bolek w panicznej ucieczce na ulicę prześcignął równie przerażonego Lolka.

Wieczorem w domu przebrani, umyci i z zadziwiającą pilnością odrabiający lekcje udawali, że nie słyszą, jak Mama dopytuje się Babci, czy nie widziała gdzieś jej szminki, ani też że Babcia przetrząsa cały kredens w poszukiwaniu noża, którym chciała pokroić chleb na kolację.

Nazajutrz w drodze do szkoły obaj nie kwapili się do komentowania wczorajszej przygody. Rude warkocze Zuzi nie dawały im jednak spokoju. Słońce wpadające przez okno klasy budziło w jej błyszczących włosach złociste iskry, które

wprost kłuły w oczy. Na dużej przerwie Lolek nie wytrzymał:

– Skoro pojedynek się nie udał, musimy zwrócić jej uwagę w inny sposób. Niech prawdziwego zwycięzcę wyłoni uczciwa rywalizacja.

– Podejmę każdą rękawicę. Co proponujesz? – zapytał Bolek.

– Wyścig. Kto pierwszy okrąży na rowerze kamienicę Zuzi i przez przelotową bramę pod jej domem wjedzie na podwórko, ten będzie miał prawo ubiegać się o jej względy. Kto przegra, honorowo wycofa się z tej rywalizacji.

– Zgoda.

Po lekcjach dopompowali opony w swoich błyszczących rowerach i wystartowali spod słupa z ogłoszeniami na rogu sąsiedniej ulicy. Na prostej przed kamienicą Zuzi rozwinęli niewiarygodną szybkość. Mimo że Bolek z całych sił naciskał na pedały, na prowadzenie wysunął się Lolek, który jako pierwszy skręcił w ciemną bramę prowadzącą

na podwórko. Ostatni widok, jaki zapamiętał, to był rosnący gwałtownie w oczach wielki rower, na którym z bramy wyjeżdżał na ulicę kominiarz. Odzyskał przytomność, gdy Bolek prowadził go do domu, niosąc w ręku ósemkę, jaka została z przedniego koła jego roweru.

Mama, lekarka mająca akurat dyżur w pogotowiu, odwiozła Lolka do swojego szpitala. Na zdjęciu rentgenowskim bardzo efektownie prezentował się złamany lewy obojczyk. Lolka zapakowano w gips od szyi po pas, pozostawiając wolną tylko prawą rękę. Za trzy dni chłopcy byli już nad morzem w Krynicy Morskiej. Dla Lolka nie były to udane

wakacje. Bolek mógł kąpać się do woli – on mógł wchodzić do wody jedynie po pas.

– Nie martw się. Po wakacjach na pewno pójdzie nam lepiej. Miłość wymaga poświęceń – pocieszał go Bolek, skacząc na główkę w spienione, białe fale.

Spis treści